假 装
To Be a Joker
有 趣

劳阿毛 著

中国法制出版社
CHINA LEGAL PUBLISHING HOUSE

序

清爽的灵魂万里挑一

我正在做瑜伽中,突然接到劳阿毛微信:我又要出新书啦,这次该轮到你写序了。临了又问我,你会不会有压力,担心自己夸不出应有的水平,亏待了我。

我说,还真有点。

他思忖了一会儿,淡然地回我,看大家造化吧,我的好,能体会多少是多少。那一刻,我仿佛看到了大洋彼岸、手机那端屏幕蓝光映衬下,熟悉的那张胖脸上有着狡黠的坏笑。

相较于他之前的专业著作《劳阿毛说并购》而言,这本新作更偏重于生活趣事和人生感悟。我用一下午的时间轻松愉悦地读完了全部内容。阿毛文章的妙处在于,无论是复杂的职场还是琐碎的生活,他描述起来都没有云里雾里、高头讲章的吓人架势，而是平淡质朴，丝滑流畅，如话家常，淡而有味。

作为多年的老友，我读完此书最深刻的感触，是他始终如一、少年般的简单和真诚。他由始至终保持着对世界的好奇心，热衷于独立思考，拒绝被外界PUA，拥有自己独特的世界观。

当年我还取笑他人未老，肚先胖，叔味儿初现，不承想他剑走偏锋，没拥有"冻龄"，却守住了"冻灵"。中年的油腻千篇一律，清爽的灵魂万里挑一。

按说，伴随着成长，谁还不是生活中日渐一地鸡毛，职场上猛卷奋进的发条。家里面，孩子找学校，老人要医疗，刚说要警惕婚姻的七年之痒，生日礼物对方就奉上"颇具诚意"的痒痒挠。

工作上，他所在的投行，往来都是大佬，打底都得几个小目标。偶尔和别的朋友聊起来，大家皆是一副比上欲望不封顶，比下万万不可能；瞻前通途不明，回望退路没有，站在原地惴惴不安，扪心自问皆是不甘。

而在阿毛这里，仿佛一切与他无关。不是他条件一家独好，也不是清高，而是他从不给自己加戏，太善于给自己松绑。用他自己的话讲，走路都能脑袋靠在肩膀上歇乏。

他擅长用幽默对抗生活里的糟糕。沧海一声笑，纷纷世上潮，昨日已逝后悔没戏，明日未至焦虑个屁。小事不用愁、大事愁没用，今天还有大把时光，来呀，快活呀，红尘俗世成笑料，烧鸡还得二利的好。

人都说，投行人压力大到没边，容易抑郁，而他不仅能做到持续的情绪稳定，还能把焦虑化成娇嗔。我觉得要是哪天上帝心血来潮，一把掐住他的喉咙，他准能回手就去挠上帝的胳肢窝，操着他浓郁的酱香海城口音反问，跟谁俩呢？

我很好奇，以他这种松弛的人生态度，何以匹配投行这种血雨腥风的节奏？他是如何应对自如的？讲课、出书、上节目、操盘、筹谋、大客户，正业不耽误，副业不辜负，节奏不一致，点儿全踩准了。

你说气人不？

而以我的隔岸观察，他的这份"自如"恰恰与他的人生态度——骨子里的乐观、淡泊和善于思考有关。

说起他能有多乐观，在很多年前，互联网上还不曾有"锦鲤体质"这个说法，他能在大年初一给朋友打电话，让大家对着他许愿。他不遗余力地安利自己的运气多么好，最后大度地表示有啥心愿你就许吧，咱这关系，匀你点儿好运也不是个事儿。

其实呢，他的成长经历可以说颇多坎坷，这些在他的书里都曾提到。但他却有种把日子过成段子的能力。遇到问题，他更倾向于寻找解决方案，而不是让自己陷入困境。他似乎从不怀疑自己克服困难的能力，坚韧而乐观，最后呢，不仅问题化解，和麻烦都能混成老铁。

N年前，一大票朋友去他家吃饭，我和他被派去买啤酒，回程路上他吭哧瘪肚累得够呛。有个朋友取笑他，说啤酒箱子都抱不动，以后抱女朋友可咋整。他没有正面回答，而是提及他有个朋友刻意摆了本相册在自己床头，这样每次带女孩回家后，女孩都会因为拘谨无聊外加好奇，大概率会走到床边拿起相册，顺理成章倚在床上看了起来。然后呢，朋友便可以顺势过去，讲解下每张照片背后的故事……

阿毛借此总结说，人生补短板其实是不经济的，换个角度以退为进，抱得动啤酒也不能证明啥实力。记住，强攻不行时必须要智取，小交易靠技术，大交易靠境界，所谓医生不敲门。

对上面这个故事感兴趣的朋友，可以去看他书中《怎么才能把课讲得精彩？》和《交易谈策略之以退为进》两篇。他朋友情场故事的番外，在阿毛的商场战略里得到了延续。

整得挺好。

据说阿毛有个厚道且富有智慧的老爹，教会他很多朴素的道理。比如，"多吃苦，最后收获最大的人就是自己"，"钱多了也没啥用"。他不仅听进去了，而且深信不疑。这事儿放在有些人眼里，大概率会被形容为"老爹真敢说，儿子真敢信"。但观其结果，阿毛的确对物质有着异于常人的疏离感和警惕性。给我的感觉，他对赚钱的态度可以形容为：始于上心，止于上头；付诸努力，绝不苛求。

一个典型的例子，是我最接近要沾点儿他投行光的一次。多年前，因为偶然机会，我知晓了某上市公司的"内部信息"，我如获至宝而心内暗潮汹涌，遂特意请吃饭向他咨询如何能"安全地获利"。他却边吃边教育我，千万不要贪图小利，打没有必要的擦边球，不能靠侥幸和概率活着。

我有些忿忿不平，说就好比我有机会能约会金城武，你负责给我打下掩护，别总提醒啥名花有主。他说你看不清局面，小钱障了眼，欲望蒙了心。这次要是你曾经沧海金城武，未来你还得继续惦记吴彦祖，欲壑难填，得不到真正的幸福。成年人的一生，都是不停地在与欲望缠斗，能克制的才是最大赢家。

这像人话吗？

为了缓解我的失落，他决定当即送我一个他亲测有效、反控制金钱的方法。他说自己逢年过节给团队发红包时，也曾有过越发到后面越心疼，纠结少发点是不是也行的时候。后来他干脆给自己定了个规矩，只要在数额上有纠结，就立刻发更大金额的，发到麻木和最终能够习惯。他称之为格局训练，以此建议我要敢于挑战人性。我说你这种灭绝人性的手段还是算了，不适合我等凡人，我回公司加班谋生计去了，买单的机会留给你，也算对你的格局做训练了。

阿毛的另一个特质是极度爱思考。杨绛曾回复年轻人说，你的问题是读书少，想得多。按这个说法，阿毛是想得少，思考多。引起内耗的庞杂琐碎他从来不想，包括人情世故，主打一个不拘小节。但任何问题他都思考，而且必须独立思考，这可能是一种学霸综合征，不管谁有完美答案，作业他绝对不抄。

有次他和我讲小时候家里条件不好,除了教科书几乎没看过任何的课外书。等他都快小学毕业了,某天在城里亲戚家才看到一套《十万个为什么》。我当时听了着实心酸,想安慰不知道该说点啥。他却笑呵呵、很神气地和我说,那书确实不错,里面的好多问题他小时候都问过自己,书里标准答案很多与他思考的结果相似。比如,没啥玩具,徒手游戏,玩着玩着就好奇为什么拇指只有两节而其他指头有三节,最后得出结论,两节短因此有力,三节长所以灵活,总结就是协同作战好干活。

我确实无法形容那一刻的感受,震撼和羞愧此起彼伏。当然,事情的走向并没有发展成一个学渣逆袭的励志故事,毕竟咱也是追求"坚持独立思考"的独立女性,不会出现"日后每每我想找借口摆烂的时候,脑海里都会想起那个在地头田间玩手的少年"这种俗套剧情。若不是这篇书序,我早已把那段鸡血爆表的记忆删除了。阿毛说,人早晚会在某个瞬间认清自己的平凡,拜他所赐,我那个瞬间来挺早的。

接受自己平凡确实也有好处。比如,在烤串摊儿点完串,他自言自语,为啥扁平铁签子尾部要人为扭转呢?我就默默地喝茶嗑瓜子儿看他搁那儿装,必然会有答案。他告诉我,通常会认为串肉时以此为刻度,但最佳答案是烤肉时会实现每次90°的四面儿旋转,而不是只能烤两面儿。就好像东北搓澡,男客人只给搓正反两面儿,而女客人呢,据说可以给搓四面儿，道理差不多。

说得活灵活现，就像他看见了似的。

过了几年，我无意间在微博上，看见他讨论吃烤五花肉时，服务员纠正他应该烤熟再剪。阿毛听完又开始分析了，相对比先剪碎再烤，熟了再剪我觉得有几点合理性：首先，整块来烤，有利于提高翻面操作效率；其次，保证整块肉熟的程度相同，不会生熟不均衡；另外，有利于肉块两侧鲜嫩不糊，也有利于剪刀保持卫生。真没想到，这么多年了，系统还带自动升级的，"Chat 毛式 gpt"啊。

写到这里，愈加感叹这"冻灵"大叔确实有点意思。如果你也看到此处，真诚地建议买本他的新书看看他多有趣，也不辜负我的推荐；另外，找机会和他吃顿东北烤串，他有可能会赴约，但大概率不会买单。

而且，他会讲很多道理！

孙唯一@维姬很好奇

2023 年 7 月 26 日于洛杉矶

序

"道貌岸然"的"叔伯同学"

在劳阿毛又要出书之际,我终于争取到了写一篇的机会。忽略掉我上杆子的环节,相当于劳总盛情邀请写序,作为高中同学,我已经很是欣慰了。他戏说,周围"夸夸团"资源都用得差不多了,当然也不能落下你啊。

严格说,我与劳阿毛算"叔伯同学",就是同校同级但不同班。我回忆了下,在高中读书期间,我们没有过啥交集,也没说过话,甚至不能算认识。但作为那届文科班的著名"狠人",我大胆地猜测:我们都应该知道彼此的存在。当然了,我是因为长得好看且学习好,他呢主要是因为学习好。高考结束后,我们都来到大城市上学和工作,彼此在出差期间才开始有了真正交往,并且很快地熟络起来。

那年我在北京总公司长期借调，劳阿毛同学正式请我吃了日料。见面时，我们像俩大人那样握手问候，然后开心地唠了整个下午。没有"看雪看星星看月亮"，但是确实"从诗词歌赋聊到了人生哲学"。后来他跟强哥说，曼蒂同学太能唠了，人生第一次碰到把他"唠倒"的女生。之后他经常来深圳出差，我们偶尔见面、吃饭、喝茶，我开始看他写的小作文，正式成为他的粉丝，还接受了一个粉丝顶格大红包。

用当下比较时髦的词来形容，劳阿毛是个不忘初心的人。他从来不避讳自己是从东北农村普通家庭走出来的，亦如他自信自己的学习生涯可以以学习好一个优点遮百丑（当然优点不止一个，也没有百丑）。很多人在有所成就后，都会给自己填个知名地址作为出身，以及找个拿得出手的祖上或者亲戚来锦上添花，可劳阿毛从不屑于做这些（虽然我没有看到他的不屑脸）。——他就是他，能放出二踢脚味儿的烟火。

我调侃他，难不成这是反向包装？亦如开饭店先把自己弄得又脏又破，让人感觉这家味道肯定有竞争力。某种程度上，这也算另外一种"道貌岸然"。他大笑点头也并不在意。于是，别人晒着红酒、西餐、牛排，他发出的照片总是那些大肉串子，不是正在撸，就是正在串；别人发自己的照片，即使男生不用美图秀秀，也要讲究点儿效果和造型，他不仅无所顾忌地发自己急赤白脸的表情，还非常满意自己吨位扎实的身段；别人晒着高尔夫游艇骑马，他发的图里日常运动就是打弹弓(弹弓是他永远的头像);别人晒着听肖邦、贝多芬、帕瓦罗蒂,他听的都是二人转,有时还转发自己唱完录好的,声音之欢快能让听众感受到他乐在其中……

我猜想,劳阿毛即使跟他的小学初中同学在一起,也不会给对方很强的界限感。经过修饰的高级感明眼人一眼能看得出,真正高级的灵魂却往往带着熟悉的淳朴和自嘲的土味儿,这些都来自于内心世界的安稳和对世故认知的通透。

众所周知,劳阿毛也是个高级段子手。在同学圈里大家早就习以为常,直到有一天在一个以写作见长的同事群看到有人转发了他的一篇微博,讲的是他在东北出差的奇葩经历,群内就此展开热烈讨论,我才知道了劳总的江湖影响力。那个故事颇具探讨性,那篇微博下面还有很多不同声音,劳同学处理得很得体,四两拨千斤,也保证了粉丝逐渐壮大的微博号一直坚挺的存在。我看到这篇也被收录到本书里,而且还起了个味道十足的标题:《再见,呼兰!》

这本书里的系列小作文都来源于他闲暇时的信手拈来,几乎所有的文章我都认真读过。真诚、智慧、善良、明理及大气的样子亦如他每次在群里发红包的派头,潇洒而自知。其中很多篇被我转发到我们班高中群里,夸赞之意溢于言表,直接引起了我们班男生的不满。我开玩笑私信给阿毛同学,提醒他以后看到我们班男生别嘚瑟,容易挨揍。他调侃说,你也少给我发私信,你这长相被我老婆看到能生气好几天,特别难哄。他说,你看,这就是才华和颜值给人带来的困扰，我以为是说我，后来我觉得他在说他自己……

临时的同学小聚最容易出现参与者都抢着买单的状况。劳总是个考虑周全的人，为避免知根知底的同学之间没必要的撕扯，每次到深圳得空聚会时都会单点主要负责（买单）人。我被单点的两次都因为真的无法到场而错过，一直耿耿于怀。有时没空聚就发信息知会，记得很多年前我休产假的时候他来深圳开会，没空见面就在机场发了信息，还很专业地嘱咐了几句关于婴儿护理的事情。我说你咋懂这么多呢，他回复了一句特东北的话："老舅爷子了"，我至今记忆犹新。

作为满腹经纶的优秀文科生，劳同学还帮不少小孩起过名字，很多都非常超凡脱俗，就是因为曲高和寡，所以使用率不高。记得他给强哥家大儿子起过"若尘"这种飘逸范儿的，直接被强哥否了，还给一个丁姓朋友的孩子起名叫"丁对"（必须用东北口音读才能意会，普通话应该是特别靠谱的意思），估计人家小名都不会这么叫。

怎么说呢，这些年劳阿毛同学几乎没啥变化，但在资本市场的小劳却变成了劳总。劳总的个人经历可以说是写实版的人生赢家，每一次华丽丽的转身都非常之励志，纵然有好运相伴，也仅仅证明机会只垂青于有准备的人。

本文对劳同学的称呼不太统一，但都是那个语境下最合适的选择。谢谢劳总给我写小作文的机会，在高中校园的回忆里，他是经常在夕阳下汗流浃背踢球的机灵小子，是老师眼里德智体美劳全面发展的五好学生，小胖脸蛋儿上带着腼腆和怯生生的表情。现在呢，他阳光依旧、流汗依旧、品行与才华依旧，是要身材有情商、要颜值有智商、要气质有情商、要魅力有智商……一个皱纹不多却还能笑容真诚，露出虎牙和酒窝的中年胖子。

有一说一，读他的文字真的很过瘾。我会继续每篇都看，我是真的粉丝。

曼蒂

2023 年 8 月 8 日于深圳

目录

（一）认知，人与人的最大差异！ / 001

认知，人与人的最大差异！ / 002

东北式的婉约 / 007

尝试的成本 / 012

不行春风，哪有秋雨？ / 015

善举也需要边界感吗？ / 019

你是卧底？ / 022

为啥打牌后，输赢总是对不上？ / 025

微博十年，沉迷于网络 / 028

为啥男人都喜欢吹牛？ / 032

曾经的理想，你都实现了吗？ / 036

当善意被辜负 / 040

(二) **接触人万千，友谊不过仨俩** / 047

接触人万千，友谊不过仨俩 / 048
相比得到，失去或许更有意义 / 051
条件匮乏带来的思维误区 / 057
理解与认同是最大的奢侈 / 060
我干了，你随意！ / 063
好人难做 / 067
说几句钱的事 / 071
如何避免焦虑？ / 077
说说嫉妒 / 080
绝交，成年人必备的能力！ / 083
说说死亡 / 086

(三) 有时候，实话是真难听啊 / 089

有时候，实话是真难听啊 / 090

大哥，你先买单吧 / 092

千万别给烂人机会 / 095

哥，海鲜呢？ / 098

跟谁俩呢？ / 101

成年人如何与父母相处？ / 105

情人节的激情碰撞 / 108

相亲往事 / 111

零分 / 116

零缺四 / 120

前车之鉴 / 123

我遭遇的那些尴尬 / 128

哎呀，大意了！ / 131

别跟我兜圈子 / 133

再见，呼兰！ / 137

（四）**有多大脚穿多大鞋** / 141

有多大脚穿多大鞋 / 142

小市值公司转型之殇 / 145

业绩对赌，是解药还是毒药？ / 151

并购为什么失败率高？ / 157

A 并 A 操作，想要爱你好难！ / 162

如何面对跑单？ / 167

交易谈策略之以退为进 / 171

五 莫要加戏 / 175

莫要加戏 / 176
投行职业也有三年之痒？ / 179
投行是个好职业吗？ / 182
在校生应如何面对投行实习？ / 186
老板为何喜欢用小人？ / 192
富二代也有烦恼吗？ / 195
功课与实习，如何取舍？ / 198
怎么才能把课讲得精彩？ / 201
高校教授为啥不好合作？ / 206
修拉锁 / 208

(六) 我是大人物 / 211

　　我是大人物 / 212

　　怀念母亲 / 215

　　我的父亲 / 219

　　我的姐姐（上）/ 224

　　我的姐姐（下）/ 228

　　大姨 / 232

　　二利烧鸡，烧鸡中的战斗鸡！/ 235

　　纪念老郑 / 238

　　"偶遇" F 哥 / 244

　　狗时光 / 247

　　后记 / 251

一

认知，人与人的最大差异！

认知，人与人的最大差异！

这个世界确实挺复杂，芸芸众生都生活其中，我曾经聊过人与人最大的差异是什么，比如男女高矮胖瘦穷富等。还有比这些都重要的差异吗？

有，认知水平。

但是认知的差异主要体现在哪些方面呢？首先是能够区分事实、观点和立场，其次是能够明辨利益和是非，再有就是面对问题时到底选择情绪还是策略。听起来有点玄乎，其实也很简单。但能够读懂上面这几点的人，可能不超过半数，能够做到的应该更少。

先说下事实、观点和立场。

举个例子，某人请别人给自己孩子介绍对象，说孩子条件还行，但工作太忙，顾不上找女朋友，你认识的优秀女孩比较多，说话还有力度，帮着撮合撮合，还希望多多帮助美言。这是条相亲求助要求，在当前社会非常地常见。这句话并不长，似乎信息量不多，但是值得思考的地方也不少。

首先要分析什么是事实，男孩子没有女朋友这是事实，但因为工作忙就是观点而不是事实。很多人无法区分事实和观点，会把观点当作事实来接受，甚至对外传递与背书，这差不多构成了多数不靠谱的根源。所以，男孩子找不到女朋友的原因还需要分析，比如是不是条件差或者要求高，或者干脆就不想找女朋友等。

那立场怎么理解呢？家长让多多美言，这其实就是立场，传递的信息是大概知道孩子条件不是很好，但希望能够借用媒人的信用背书和赞美来实现目的，这个多多美言就是站在自己孩子姻缘的角度和立场的体现。

立场和观点很像，但也有区别。立场是基于利益的倾向性观点选择。这么说吧，观点是判断，而立场是选择。

为什么人和人之间会有争论，就是因为混淆了事实、观点和立场，有些人用自己的观点来反驳别人说的事实，还有双方坚持不同的观点，还有人是有立场，已经提前站队。所以很多争论都是无效争论，因为在不同层面的交锋，除了相互骂傻×外，很难分出胜负。

再说下利益和是非。

再举个例子，有次某论坛抽奖，大奖是境外双人游，主持人公布获奖姓名，经过片刻沉寂后无人认领。突然，某女士挥手上台，说了好些获奖感言，说到动情处几近哽咽。这时，门口进来个哥们大喊，刚才念的是我名字啊，我刚才去卫生间了，你是谁啊。台上女士翻了个白眼回到座位上，若无其事地继续与左右谈笑风生，展示了良好的心理素质。

这件事给我印象很深，我当时在想，这位女士是如何形成决策自己过去冒名顶替的？因为被揭穿的风险还是很大的，而且境外双人游的利益也没那么大。我跟别人谈及过此事，对方认为也很正常，有枣没枣打三竿子，至于被揭穿丢脸等，对很多人而言，这不算啥代价。

简单而言，有些人就是不要脸的，所以不能用要脸的逻辑来解读，也就是只有利益而不考虑是非。《论语》里的"君子喻于义，小人喻于利"，就是说这事。

这其实也是人是否有稳定价值观的体现。我见过有人开车在路口加塞骂别人不让自己，然后下个路口就骂别人加塞不守规矩，仅仅过了几百米自己的观点就转了180度。道理也很简单，脑子里面没有是非只有利益。

其实，这样的人占绝大多数，包括正在读这文章的你，或许也包括我。

对于多数人而言，都无法做到绝对尊重是非而放弃利益，关键是看利益有多大。所以，从这个角度而言，每个人的道德标准都是有价码的，有些人价码很高，可能上亿元，有些人价码很低，就值盒烟钱。简单说，有差异也类似。

再说说情绪和策略。

当遇到难解决的问题时，人会分成几类，多数人是先发脾气后想办法，当然也有人只发脾气而没有啥办法，也有人会相对理性地用策略来应对。其实，从这个角度而言，不同人的生命质量差异很大，取决于对情绪的掌控程度。

人生最大的特征就是时刻要面对不确定性，生活中也会不停遭遇很多事情。比如开车剐蹭，我见过很多人会因此而特别沮丧，跟对方争吵然后特别懊悔，心疼自己的新车，然后痛恨自己为啥不小心，埋怨对方为啥就不让下自己，好像这事是人生过不去的坎。

其实这事很好解决。

很多剐蹭都是有解决方案的，而且结果是完全可控的，尤其在不涉及人员伤亡时，单纯就是个财产问题。对于多数车而言都能通过保险解决，甚至都不会造成财产损失。无非是把车扔到修理厂，过几天就原样呈现。我理解类似这样的事情是人生最小的问题了，因为结果可以承受且能够有完美解决方案。

所以，不太理解为啥会有那么多情绪。

其实呢，人生很多不可控的事情，是生命的必修课，没必要做无用功和发泄情绪，静静等待就可以了。所以，我特别不理解飞机延误或者备降的时候，跟工作人员各种抱怨牢骚、问这问那的。道理很简单,他们无法决定事情的走向,而且也不怪他们,遇到不好的天气是个概率问题,骂人除了显示自己无能以外,没有意义。

用情绪面对问题简单,用策略来解决问题长久,后者才是人作为高级动物的本色。另外很重要的是,无论颜值多高,叽叽歪歪的表情都是扭曲且丑陋的。

东北式的婉约

我有个哥们从小生活在长江流域,娶了吉林梅河口的媳妇,总说跟我是半个老乡,有次聊到东北的沟通文化和效率问题,跟我说了个事,我感觉挺有意思,也挺有代表性。

这哥们听说同事给父母报了个欧洲旅游团,价格比较实在,时间安排也挺好。于是回家就跟媳妇说,你父母在老家没啥事,这辈子也没出过国,给安排下去国外转转呗,也不像想象中那么贵。

媳妇说挺好的啊,不过这事得你说,我说父母会多心,认为是我给你开方子,还得顾忌你怎么想,你直接说有面子还解决问题。哥们想想也有道理,于是乎,哥们抄起电话就把这事说了,没想到电话里老两口表示了强烈的反对,理由摆了很多，有理有据的，明确拒绝了这个提议。

核心理由有几点，大概就是你们赚钱也不容易，又要还房贷和车贷，小孩子又要补课，目前还筹备生二胎，虽然条件不错，但是钱也要用到正地方。另外，我们老两口现在衣食无忧，已经很满足了，跑欧洲嘚瑟花这钱不值当，有这钱还不如买点米面粮油实在，要是去你们年轻人去，我们没必要。

哥们听了老丈爷和老丈母的话，加上对方言辞激烈甚至有点要发火的态度，感觉恭敬不如从命，既然父母不想去那也就不勉强了，于是就把这事放到一边了，该干嘛干嘛。过了段时间，媳妇提起这事，问你不是要安排父母去国外玩吗，这事咋没有下文了啊。哥们说，我跟父母说了，他们不愿意去，我想既然不太愿意去那就算了，孝顺孝顺，应该以顺为孝。

媳妇乐了，说拉倒吧别听他们说，最近我妈每次给我打电话都问，姑爷上次说安排去国外玩，后来咋不提了，是不是有啥变化啊，我就跟你说说，你可别传话啊，感觉好像咱老两口念秧儿似的，不太好。媳妇说，父母是感觉让咱们破费不好意思，其实心里还是挺想去的，这辈子没出国过，主要是想有这个机会跟邻居亲戚嘚瑟下，你可倒实在，人家推辞下你就借坡下驴了。

哥们感觉也有道理，于是再次操起电话，把上次相同的话又说了一遍，对方也相当配合，相同的理由又摆了一遍，总之就是俩字"不去"，理由也俩字"浪费"。我这哥们就有点蒙圈了，他说那时候没有对区域文化带来的沟通问题有太深理解，所以确实有点不知所措，也不知道岳父岳母到底啥意思。去不去简单明了直接点多好，谁有这时间来回来去推驴拉磨的，爱去不去，不扯这事了。

媳妇不干了，说你这姑爷提起来说要安排旅游，结果还不高兴撂挑子了。这事不能这么收场啊，否则让父母怎么想，说你本来就没想安排，就拿大甜棒子出溜人。哥们说那咋办啊，媳妇说这样，采用生米做成熟饭的策略，你先给报个团，然后就告诉老人，钱都交了，不去也不退了，这样估计可以。

于是哥们就照办了，给岳父岳母打电话，说团都给你们报好了，不去钱也不退了，你们看着办吧。对方父母埋怨了几句年轻人办事太出马一条枪，但是还不答应去，而是给出了个建议，既然钱不能退了，建议安排孩子爷爷奶奶即自己亲家去，下次再安排这边。哥们说报名是实名制的改不了，另外欧洲自己父母都去过了，下次安排美国的时候再说。在这种情况下，老两口叹了口气，骂骂咧咧的口气中，无奈算是答应了。

老两口在老家为出国做了挺多准备，办护照和签证啥的就不用说了，还有各种洗澡理发烫头买衣服。除此之外呢，跟认识的所有邻居和亲戚都逐一致电，大概就是表达两点：第一呢，最近两个星期别找我们，我们要出国去欧洲了，而且有时差也不方便（其实呢，亲戚们几年都没联系，确实不差这两个星期）。另外，我们去国外，你们有啥想买的东西，提前告诉我们，要是方便我们可以帮你捎下……

于是乎，欧洲之行就落实了，每天微信视频都在欢声笑语中度过，每天都在朋友圈发各种照片，老太太戴着墨镜，系着五色纱巾，举着自拍杆，频频出现在各种教堂和广场上。确实幸福感还是挺强的。行程圆满结束后，老两口回到老家，把照片洗出来给邻居和亲戚看。能想象到那种场景，展示者幸福加兴奋，围观者表情略带羡慕但总体保持着平静与克制……

哥们也感觉挺高兴的，于是电话回访下看看效果如何。老丈爷说，有这个机会确实挺难得的，这辈子也没出过国，姑爷你破费了。另外呢，国外就是风景好，吃得确实不太习惯，长长见识就行了，两个星期俩人造出好几万，这钱确实有点不值得，以后可别扯这事。

哥们略感失望，似乎没听出对方的高兴来，而且还因为花钱多略表不满，回家跟媳妇学话。媳妇说这已经是很高的评价了，昨天我打电话，他们还问，下次安排亲家去美国到底啥时候，有没有人数限制……

我听了笑出了声，我说别说你了，我土生土长的东北人有时候也搞不定。我记得，刚参加工作那时候，回东北老家过年给亲戚过年红包，遭遇过特别猛烈的各种推让和撕扯，搞得我体力不支不说，还有点茫然和不知所措，最后无奈地又把钱都拿回来了。第二年再给钱甚至都有心理阴影了，还好大家也与时俱进，不怎么太撕巴了。

哈哈哈！

尝试的成本

有句俗语叫作:"张嘴三分利,不给也够本。"还有句话叫作:有枣没枣打三竿。这两句话大概的意思相同,就是有机会尽可能要尝试,有可能会有意外的惊喜和回报。对机会的尝试广被推崇,甚至是积极和努力的代名词,经常在社会上看到一些很"执着"和"勤奋"的人,不停地拿着竿子到处挥来挥去的,为了理论上的几颗枣子而努力。有很多人会认为,这些行为只有潜在受益,而并没有啥成本,所以尽管尝试就 OK 了。

琢磨下,真的没有成本吗?

有个朋友打电话给我说,我这有个不错的并购标的,我认为某上市公司可能会有并购兴趣,你认识董事长,能否帮我推荐下,看对方有无兴趣。若后续能达成交易,也可以让你们增加个并购项目。

我说，不可以！

朋友听到后有点诧异，问为什么。我说这种处理方式不是常规的交易撮合方式，我这有董事长电话，你可以打陌生CALL（指给不认识的人打电话）联系下，看他到底有兴趣没有，然后再考虑下一步的事情。他有点不理解，说这种方式没有你中间背书很难成的。要是能打陌生CALL就OK还找你干吗，另外这也是潜在的业务机会啊，你为啥视而不见呢？

我说我们推荐给客户的并购标的是有条件和标准的，若你想让我推荐，我希望能够对你说的这家企业有个了解，包括企业到底有没有价值，和对方匹配性如何，另外预期的交易条件是否在合理的范围。总之，我们要有个前置的了解过程才行。

朋友说，这太麻烦了，你们时间都挺值钱的。这样做是不是成本太高了。你打个电话问下客户意向，等客户有意向后再做这些，那岂不是逻辑更顺畅吗？总之，你们做事难道不考虑成本吗？

我说当然考虑成本，但是对于成本的算法可能是有不同的。你认为随便打个电话是没有成本的，但其实这个成本实在是太大了。因为你的做法可能会带来客户对你信任的耗损，这个耗损对于理论微小的交易成就概率而言，实在是太不值当了。

朋友说有这么严重吗？

我说我推荐标的，客户会问这个标的如何，合规性怎样，交易条件大概怎样。这些问题我都回答不了，会非常尴尬，会让客户感觉这个行为特别随意。朋友说你可以问我啊，然后把获得的信息转达过去。我说那我就成了信息的传递者，价值就打折扣了。朋友说，你别跟客户说实情啊，你就说你尽调过了，都没有问题。

我说那就更可怕了，我为自己无法掌控的事情提供了信用背书，这事后续大概率没有好的结果，等客户发现事实不是我说的那样，后续我再说啥他都不信了。总之，相比于业务机会而言，客户对你的信任其实更为珍贵。

上面这个小故事，提供了一种成本的计算方式。很多轻易的尝试，有很多人认为大不了不成，这也没啥。其实不是，若某种请求被拒绝，对彼此是种不小的伤害。就好比，你向某位朋友提出了超越关系的请求，比如找不太熟悉的朋友借钱之类，不出意料地被拒绝了，其实成本巨大到几乎致命的地步，只不过你没有用另外的公式计算出来。

仅此而已！

不行春风，哪有秋雨？

某日，我在大街上偶遇大学同学，这个女生和我同届，但不是我们系的。我记得我们是在某年放假回程的火车上认识的，当时聊得挺开心。没想到多年后，居然会在北京街头偶遇，我认出了她，因为自己胖了太多，但由于气质还在，所以，她经过仔细辨认后，认出了我。

我简单寒暄了下，已经临近中午遂邀请她吃饭，她痛快地答应了，说正好午饭没有着落。于是乎，就近选择了家大连海鲜，痛痛快快吃了一顿。席间回忆了很多上学时候的往事，场面非常温馨愉快。怎么说呢，故人重逢，相谈甚欢。

彼此交换了联系方式后，分手作别，后续几乎没有联系。

后来我结婚了，生了毛豆，她知道了，给小孩买了个儿童餐椅，大概几百元。我说正好准备购置，你这个安排来得正好，代表全家感谢姑姑的礼物。她哈哈大笑说，就是表个小小心意，不用客气。

后来，她也嫁人了，也有了小孩。我在网上订了个进口实木婴儿床，精确价格我忘记了，大概两三千元钱吧。大概在2010年左右，据说这个床比较环保没有味道，反正有来有往非常正常。另外，对方生了孩子算是喜事，也终于轮到我有表示的机会了，自然不能放过。其实，平时几乎没有联系，那次吃过海鲜后就没有再见过面。

其间，我大概了解了她的情况，她在北京现代做销售主管，用她的话而言，就是京城比较大的车贩子。然后告诉我买车可以找她，她也开玩笑说，我大概不会买现代，她的业务领域不符合我投资银行的定位。我也点头说，确实。

后来，一个偶然机会，我有客户说年底要采购几台车，准备作为奖励送给年度明星员工。档次就是看起来还算体面，但也不用特别豪华。我就提及我有个同学做现代汽车销售，可以安排对接下，有可能会有优惠，当然也可以照顾下她生意。总之，在交易中实现共赢挺好的，这个是我的职业习惯。

客户说好的，要了我同学的电话。

转眼过去半年多，再次见到客户时，客户说车后来买了，我同学比较给力。每台车确实给了很大优惠，具体数额记不清了，反正是个令人惊讶的数字。而且服务还周到，他感觉非常满意，并让我谢谢我同学。

我打电话给同学表示感谢，并简单询问了下细节。同学说我的朋友自然要照顾，对方采购的几台车都完全按照出厂价格，她们渠道没有赚一分钱。我表示很惊讶，我说我希望能给你创造点业绩，没有必要不赚钱啊。她说没事，有销售额也算业绩，这不算啥。我感觉有些不好意思，之前叮嘱下就好了，完全可以按照市场规律来处理。

她说没事，同学没有那么多客气的。

后来客户跟我关系还挺好的，虽然没有啥业务，但是偶尔也见面聊聊，听听我关于市场和政策的观点。后来呢，也介绍了个简单的业务，就是上市公司控制权的变更。他作为投资机构在收购人中占有股份，问我大概这个业务能收多少钱，我说这个项目是小业务，通常也就80—100万元吧，其实也没啥工作量，就是帮着做点信息披露，还出个格式核查意见。

客户说可以，签协议吧，按180万元签。我感觉不解，客户说没事，他们作为投资机构有钱，180万元跟100万元没有啥区别。我推辞不过，于是就答应了，内心充满了喜悦与感激，然后组织人开始进场，几个人忙了整整两个星期。我给项目组讲了前因后果，当然也是从同学那顿海鲜开始的。

我告诉项目组，做好人会有回报的，必须有付出和长线考虑等，不行春风，哪得秋雨啥的。项目组小朋友听得很入迷，频频点头，表示跟着我混有享不尽的荣华富贵，还能懂得很多人生大道理。总之是摩拳擦掌干劲十足啊。

后来呢，项目因为股票异动黄了，我们白忙活了，也没收到钱。

善举也需要边界感吗?

我和某个兄弟约好驾车出去透透气,上车后发现他脸色有点严肃,我也没有太在意,启动车辆继续前行。他在车上打了几个电话后,眉头紧锁、沉默不语,不停地出长气,似乎有啥事情发生,车厢内的气氛安静得有些尴尬。

我问他出了什么事。

他说,他老家某个不错的朋友的岳父突然病了,好像挺重,住进了ICU(重症监护病房)。据医生说可能抢救成功的概率不大。朋友岳父年纪不大,才六十多,确实有点可惜,而且他朋友是个普通的职员,家境一般,估计这事对他也打击不小。

说罢他又深深地叹了口气,没有多说话。

我大概听明白了,也不知道该说什么安慰的话。我这个兄弟是个热心肠的红脸汉子，在他朋友圈的人缘也算不错，我似乎能理解他，当然也有些意见保留。我说，其实人生后半场，与亲戚朋友的告别是常规事件，每个人都会离开，需要理性面对。我感觉我说得挺诚恳的，但我能感觉出来，他并没有因此而得到宽慰。

他说他对类似的事特别没有抵抗力，昨天半夜接到这个消息，到现在还多少有点发蒙。他跟朋友说，他会全力以赴帮忙，愿意承担任何代价来全力治疗，另外他还帮忙联系了当地县城最好的医生，同时告诉朋友，他有张多少金额的银行卡你随时可以使用。反正列举了很多仗义的系列举动。作为多年的朋友，我非常了解他的性格，知道这些不是做样子的。

中午吃饭时候闲聊，我说，我不太赞同你的做法，他说，劳哥你说。

我说，首先，你朋友岳父病了，无关年纪大小，人生类似的事情不要太多。简单而言，情义不等同于情绪，保持理性和冷静很重要，就算自己的至亲也同样。其次，你可以提供帮助但不可以越界，抢救与否或者采用什么样的方式，这是他们家人决定的事，每家情况不同，能承受的代价也不同，就算老人因病离开，但剩下的人还得活着。最后，帮忙要解决问题，别拿大炮打蚊子，过分的义气是没有价值的，除了感动自己外。

他也没说话，似乎有点被刺痛，但还在听。

我说，遇到这种事，安慰下当事人，让他冷静处理，询问下具体的难处，比如小孩是否有人照顾，自己在场就过去帮忙，不在就安排人过去，另外告诉朋友钱上若有困难大家想办法，别太担心，然后关注下后续进程就 OK，无论抢救成功与否。另外，保持自己情绪正常，尽量别叹气心塞。

他眼珠转了几下，依旧没说话。

你是卧底？

说到家长的焦虑，其实环境也很重要，在某个焦虑群体中，可能也需要不同的声音。虽然大概率会被淹没，但也可能会意外地扳回一局。

我想起多年前，女儿在幼儿园时的一件往事。

女儿所在的是北师大附属的一个幼儿园，据说是一所有百年历史的公立幼儿园。某天听着媳妇好像在家长群里聊啥事，听起来像家长在搞啥集体活动，各种声音此起彼伏，甚至有些慷慨激昂，也不知道到底发生了什么。

我问了下，知道了原委。幼儿园班级老师因为工作突出，被调到其他幼儿园当副园长了，就是"产房传喜讯——升（生）了"。这位老师很优秀，深得孩子和家长的喜欢，突如其来的调整变动让家长们很难接受。

群里讨论家长们七嘴八舌，甚至言辞激烈，有家长提议联名推荐代表去找园长交涉，并且写了集体信，义正词严地提出了请求。核心诉求就两点，这个老师很好，反对换老师；如果换老师，学校要保证新来的老师的教学水平不低于之前的水准。

家长们推荐了代表，"磨刀霍霍"地准备找园长谈判了，看架势就差拉横幅绝食请愿了，感觉好像开启维权的正义之旅。各种细节和应对方案都商量妥妥的，核心就几个字：为了孩子，决不妥协！

我想了想，跟媳妇说，能拉我进群说几句吗？

我如愿以偿进群后，开始小心翼翼地表达不同的观点。

我说这事是不是应该这么看：首先，公立幼儿园比较强势，说白了就是比较牛，不大会受制于家长的想法，换个角度讲，这应该也是大家当初选择公立幼儿园的原因；其次，老师有自己的职业发展路径，为了自己孩子的利益，阻碍人家升迁调动，确实也不妥，孩子是人，老师也是人啊；再次，家长的焦虑会传递给孩子，没准在孩子眼里这根本就不算事，无非是换了个新面孔而已，明日太阳会照常升起；最后，就算对孩子有些负面影响，面对不利局面也是人生的必修课，换了老师就不能接受，还怎么面对人生的波澜和各种困苦呢？

所以我的建议是，放弃交涉，告诉孩子感谢之前老师的付出，欢迎新老师的到来！

群里经过一段沉寂后,有几个孩子爸爸开始发声,表示我说得很有道理,逐渐讨论也开始变得理性,最终大部分家长同意了我的建议。据说也有家长依然反对,有位大姐执拗地认为我是园长派来的卧底!

为啥打牌后,输赢总是对不上?

打麻将牌局结束后,总会习惯性陈述下输赢,但多数时候输赢是对不上的,而且,总是输钱总数远远大于赢钱总数。所以,有个说法是看热闹的是最大赢家,当然,这是个玩笑话。

琢磨下,为什么会有这种情况发生呢?

有人说是记错了,其实不是的。通常是有人谎报了结果,就是赢钱的会倾向于说自己少赢,而输钱的会习惯性夸大损失。这是个挺有意思的现象,因为似乎人都习惯于吹牛,而这种情况似乎跟吹牛的惯性有点相反。

多数人在股市上的表现却完全相反。当自己赚钱时,那简直自己就是巴菲特,指点江山、激扬文字,不仅喜欢谈论自己如何技术高超,甚至总想找两个战绩不好的新股民指点下才舒服。这些在牌局上和股市中表现截然相反的，也可能会是同一拨人。

有人说，谎报赌博战绩可能是自我保护。比如，多赢了怕被要求请客，多输了的可能会寻求点同情，没准会得到救济。这种分析貌似有道理，但我认为不是。很多人赢钱也不会请客，甚至在不会背负请客压力下，依然会出现这种情况。

应该是有更深层次的心理原因，可能是要制造出有利于自我慰藉的某种局面，故意让周围环境对自己的客观损益形成误解。然后，自己在其中会得到心理上的愉悦。说得有点拗口，简单解释下。

比如，自己赢了1000元但是说赢了500元。然后呢，赢钱本身就挺让人高兴的，而向外界传递信息打了折扣，这种表述折扣和客观结果的差别，会让人更为愉悦。今天运气好赢钱了，而且这帮人都以为我只赢了500元，其实呢，我赢了1000元呢。输家也差不多是同样的心理，逻辑完全相同。

总之，表述与客观结果的差异，是人们用来让自己内心觉得占便宜用的。无论结果输赢，最终都不忘记要爽下自己。

其实，生活中有很多类似的现象。比如有些老人，自己得病了还没有检查结果呢，就到处说自己是癌症，甚至结果出来是良性，还在坚持说自己是恶性肿瘤。这不是诅咒自己，而是揣着良性说恶性，就为了占这个预期差的便宜。

还记得上学时候的学霸吗，每次考试都说自己要挂科了，还找你哭诉。你跟他同病相怜，还借酒浇愁呢，然后结果出来了，人家考了90多分！

而你呢，却真的挂了！

微博十年，沉迷于网络

写微博近十年，整几句感受。

其实，有点无心插柳的意味，开始就是在微博上嘚瑟、发发牢骚，偶尔卖弄下好玩的小笑话，但因为关注度逐渐提升，大家有了期待。微博就变成了个舞台，我用心地表演给大家看，希望能带给大家快乐，在传递欢乐正能量和不矫情之间，花费了心思，用足了力气。

曾经有人问，写微博图啥，能赚钱还是能带来业务？

客观说，啥也不图，就为了高兴，写微博确实不赚钱，对业务也没太大帮助。每天似乎就是个习惯，网上冲浪，逗贫耍机灵。当然，也都是用碎片时间，没耽误做业务干活，毕竟拿单位薪水，还要服务于客户。世间很多事莫要问有啥用，也不要探求意义。只要内心有诉求，无论是表达还是分享，或者单纯地出于无聊，都是挺好的。

时间嘛，只要开心和用心，怎么都是过，浪费与否没有绝对的评价标准。仔细想想，人生的时间最终都是用来浪费的，只不过浪费方式各有千秋。无论怎样也就是那么几十年，想载入史册估计是没戏了，就算能够做到总被人念叨，估计在另外的世界也不咋安宁。

有点虚，说点实在的。

微博的一词一句看似随意其实并不简单，确切说，我是在认真地不正经着。把每条微博都当作个小小的作品，尽可能追求品质，有趣、有料、正能量总要占一条。其实没有啥比能给人带来愉悦更有成就感了，与人乐才是其乐无穷。

做投行的对文字有洁癖，我不能接受自己写的东西有错别字。另外，在遣词用句上也尽可能避免重复，类似、就像、好比、又如，各种排序尽可能讲究点，其实就是图个读起来舒服。从搞笑的效果而言，确实需要拿捏琢磨，包袱这东西挺奇怪，就好比挠痒痒，差丁点感觉不过瘾，过了又好像咯吱人笑，反而让人不舒服。

所以，幽默并不轻松，是生活的沉重经过涂抹和稀释后的呈现，展现的是对生活困苦与悲情的蔑视。很多喜剧演员平日里都沉默腼腆，甚至抑郁，我倒是从内心能够理解。所以，经常有人说自己抑郁，我最常见的反应是，你居然也抑郁，有这个实力吗？

除了搞笑之外,很多类似鸡汤文的人生道理,听起来貌似有用,实则无用。之所以叫鸡汤是因为里面没有鸡肉,鸡肉都哪里去了呢,都被做成了烧鸡在我外甥那卖呢。我感觉人从出生那刻起,此生的认知能力和悟性就基本定格了,听起来有点绝望,但客观如此。

很多鸡汤文其实是写给自己的,更多是自己对生命的理解,也是对自己价值观梳理和重建的过程。经过思考得出了结论就赶紧写下来,担心随着琐事逐渐淡忘。当然,要是能够引起共鸣、寻找到同行者那就更好了。所以,人与人之间的沟通,与其说彼此影响、携手与共,还不如说是在筛选相同价值观的人。道理说久了,就成为信仰了。

简而言之,人无法改变,但可以发现。

从另外角度而言,自己确实是自媒体时代的受益者。去年做了某著名自媒体营销企业的借壳上市,虽然经历波折和辛苦,但从未动摇。当然,做这个项目是投行的职责所在,其中还有个因素,总感觉自媒体这个行业离自己也很近,看到千万个冠以"网红"的自媒体创作者,也就看到了自己。说使命感有点太大,说亲近感可能更客观点。

当然,知名度对业务拓展也会有帮助,很多人被我的文字愉悦过,也被我的各种吹牛嗨瑟洗礼过,也容易对我留个还不错的印象。这样会缩短由陌生到熟悉再到信任的过程,提高沟通的效率。当然也会招惹很多长得丑的、不靠谱的人，有得有失也没啥好抱怨的。总之，知名度确实是个好东西，能够带来各种便利，但也需要警惕，知名度不能成为负担和枷锁。

或许，人到中年，沉迷于网络也是种幸福。

为啥男人都喜欢吹牛？

吹牛是成年男人很常见的行为，就是通过虚构或者夸大的陈述来抬高自己。自我陈述、虚构夸大是行为，动机或者目的是抬高自己。这是吹牛的几个明显的构成要素，区别于其他不实陈述，比如造谣和忽悠等。

人为什么要吹牛？

这是件挺值得琢磨的事，有些人说吹牛就是为了欺骗和愚弄别人。我认为不太准确，因为多数的吹牛是容易分辨的，听者也不会相信，甚至多数听者都厌恶。所以，吹牛最重要的作用应该还是自嗨，就是通过吹牛来愉悦自己，严谨分析的话，估计吹牛可能也有类似的多巴胺分泌。

所以，吹牛能让自己开心。

其实也好理解，因为多数人都是普通人，在这个社会上面对各种竞争，所以内心的自我认同和满足也是生存需要，否则个体都做自我否定那会非常痛苦。从这个角度而言，吹牛应该是人类尤其是雄性的刚需。

另外，吹牛可能在进化上更有意义，比如对条件或者未来的夸大，会让更多实力不具备的雄性也增加些繁衍的机会。从这个角度似乎可以解释为啥男人吹的牛会比女人更多些。是不是那些不会吹牛的最终都被淘汰了，而吹牛的基因或者惯性却得以保留了呢？

另外，吹牛确实能够获利吗？

答案是肯定的，除了自嗨娱乐的核心目的外，通过吹牛获利也是可能的。首先，人的认知和识别能力是有差异的，喜欢吹牛的人碰巧遇到了判断力不强的人，或者吹牛技巧水准很高的人遇到一般人，通过吹牛形成的假象或者优势，是有可能转化成利益的。

这本质上是概率的问题，另外利益也有大小，大了没准能接到大工程项目，赚大钱，小了没准能混顿饭、整盒烟，或者跟陌生女孩换换微信等。毕竟这个世界还是存在各种信息不对称的，有些牛无论吹得如何不靠谱，总有部分人会被蒙骗或者愿意相信。

简单说，向100个人吹牛，其中99个不信，没关系，没准还有1个深信不疑。吹牛自己拥有百万身价，有人不信，没准也有人会认为你有30万元呢。总之，从利益转化角度，吹牛对于吹牛人而言是没有成本的低概率获益，这么看似乎吹牛还是值得的,若不考虑信用耗损的话。

那么,吹牛到底有没有成本?

当然,吹牛其实成本非常大,尤其是拙劣的吹牛尽管能满足自己的自嗨欲,但容易引发别人的厌恶,而且对于人际关系也是伤害。另外,满嘴跑火车习惯了,交往人群就会形成某种筛选机制,物以类聚,人以群分。最后,喜欢吹牛的都聚集起来把酒言欢,场面挺热闹,但人际交往的效率不高。

简单说,如果无法让人相信或者预判,很多沟通和与他人的连接会变得特别没有效率。所以,吹牛这事看起来像个习惯,本质上是不同人的底层算法不同,不同的认知水平造就了不同的行为选择。每个人都认为自己在做最正确的事,但客观效果却大相径庭。

还有,有无害的吹牛吗?

当然有,有时候我也自己问自己,所有对外应对客户营销的场合,能保证每句话都是客观的吗?肯定是做不到的,也就是说,绝对不吹牛的人是没有的,人都是趋利的,都不是圣贤,有句话叫做水至清则无鱼。

有些是出于善意动机,比如打仗或者比赛之前的动员会上涨涨士气,或者回老家跟老爹聊天说自己多厉害哄他开心。这些尽管也是吹牛,但确实不是完全出于自我愉悦或者要在利益上占便宜,这种吹牛体现的是善意手段和底衬,似乎也没有那么恶心。

还有就是熟人之间的娱乐，通过吹牛来彼此成就。比如跟发小吃饭，有人说劳哥你做金融的，给我们吹吹呗，让我们也见见世面。我这时候就真不客气啦，此刻的吹牛就脱离了欺骗性的动机，变得纯粹和温和起来。

那啥，吹牛有段位区别吗？

这个太有了，啥叫高水平的吹牛，就是吹了后别人感觉不到你在吹牛。有人问我，那种非常优秀的人也吹牛吗？当然！只不过技巧可能更好些。比如在自身优势的基础上夸张，把见市长说成见省长；或者虚实结合、不那么粗暴，只说专利申请有几百个，但不说有没有啥价值；还有在彼此不熟悉的领域发表观点，类似区块链的未来趋势展望等。当然，最高级方式是借他人嘴来吹，然后自己谦虚地再否认下，让群众不敢不信。所以，最有技术含量的吹牛，其实是某种掩饰不住的谦虚。

一句话，吹牛人人有，不露是高手。

曾经的理想，你都实现了吗？

理想之所以称之为理想，就是在树立的那刻时还无法企及或实现。人生在世，时刻伴随着理想和愿望，永远都有个盼头。那个让我们心怀快乐情绪的愿望，始终会在我们面前，催我们奋进。但是理想如果成为现实，我们就会有新的理想。或者说，成为现实的理想，会迅速贬值，被我们忘记，很快就被丢到脑后。

其实，人狭隘的重要表现是，永远在眼巴巴地追逐和憧憬中，而无力享受眼下能触及的幸福、满足与快乐。

记得上小学时开班会，让每个人陈述自己的理想。我那时候有两大理想，说出来感觉都相当之人生豪迈了：坐一次飞机，看一次大海。这两个愿望现在看太过简单，但是刚刚能够吃饱的农村小孩，几乎是在斗胆给自己设定。

然而，后来居然实现了，很自然平静。

自己做了投行工作，飞行的频率都快赶上苍蝇了。飞机上的时光总是令人厌烦，蓝天白云看久了，没有啥美感，旅程也没那么有趣，倒是每每起飞时内心的恐惧是真实的。大海呢也见到了，差不多就是水。想起来那句话，人不可貌相，大海啊，老凉了……

曾经的愿望我时常会想起，但是与欣喜快乐满足啥的，关系不大。

我记得小时候成绩还好，还有算命先生说未来我是读书人。那时候理想也简单直接，希望中学毕业后还能上学，而不是回家种地。后来实现了高中梦，上的还是县城重点，村里用大喇叭广播，村主任表示祝贺并且鼓励。在喜悦的瞬间我想到，要是有一天能够上大学，逃离农村，在城里生活该有多好啊！多好啊！多好啊！这三个字在我脑海中不断回荡……

后来又实现了。上了大学，愿望和理想又随之改变，回到自己长大的地方，看到父亲低矮陈旧的房子，想到要是能够贡献力量，让他们不再辛苦，能够改善他们的生活条件就好了，可是，我刚毕业养活自己还费劲呢。几年过去了，曾经希望的都成了现实，现实又成了历史。生活不再拮据，一切都照着理想一步一步实现，终于脱贫了。然而，身体却开始发福，脸越来越大、越来越圆。

记得小时候邻居家城里亲戚的小女孩来玩,我感慨城里女孩那么白皙干净,衣服干净整洁,脸蛋没有风吹的红红的痕迹,说话声音甜美,举止大方……从远远地看着,到熟悉了,能够在一起快乐地玩耍,开心的同时总有些小心翼翼的忐忑,等到开学分离了会想念很久。幻想自己将来的女朋友要是这样就好了。

后来呢,也实现了。因为自己也生活在城市,环境统一了,一切都那么自然。城里的女孩不再是唯一的标准,还想要个子高的、好看的、素质高的、性格好的、对自己好的……标准一下子上来了,快不可救药了。

曾经的假如……该多好啊,一旦成为了现实,新的假如就会出现,生命不息,愿望不止。明白了原来上帝造人的时候,悄悄地把快乐的思绪放在了憧憬中,而不是对现实的品味中。

小时候读普希金的《渔夫和金鱼的故事》,特别痛恨里面的老太太,一个愿望实现了,又一个就立刻出现了,现在想想,可能那是对人性最为透彻的展示,你我他,芸芸众生,都是那个老太太。我们对孩子也有很多要求,希望他们能够不断突破,记得《小王子》里有句话,每个大人都曾经是孩子,只不过他们忘记了。

当年在村里手拿弹弓各种游荡,或者夕阳西下时在河边钓鱼,想想是人生最美好幸福的时光。后来自己努力拼搏、学习工作赚钱,但那种悠闲似乎已经成了种奢侈，仔细想来，很多唾手可得的东西，才是人生最终极的理想。

人生兜转，确实挺绕的。

当善意被辜负

前几天,我正休假在外地旅游,接到了关系不错的哥们H发来的微信:"劳哥方便吗,有点闲事唠叨下?"我说可以。他电话打过来聊了会儿,就是生意上的小事,与合作伙伴之间的不愉快,简单地吐下槽,当然也有诸多的感慨。

一句话,他感觉自己被辜负了。

我跟H认识多年,关系很好,他之前也或多或少聊过些他的事情。他在老家做了点小生意,属于在当地实现了财务自由的,喜欢喝酒、摇滚和各种户外运动,为人仗义,人缘也相当不错。他在当地夜市有两个摊位,交给他前几年认识的朋友M经营,这次矛盾也是因此而起。

他与M是在踢球时结识的,M年纪不大,在他眼里就是个毛头小孩，偶尔会一起撸串喝酒啥的。逐渐熟悉后了解到，M家庭条件比较困难，在东北老家混不下去了，跑来H的老家寻找出路，他老爸整日酗酒赌博没有正事，母亲的主要工作是拾荒和做家政。他没有工作，偶尔做点零工混日子，房子和媳妇更是想都不敢想。总之，他的现状充满了挣扎，但似乎也无能为力，对未来也非常迷茫。

用H的话讲，这孩子挺可怜的。

我能体会到，H对他是动了恻隐之心了，后面的事情就比较顺理成章了。他把自己承包的夜市里最核心地段的摊位交给他们娘儿俩经营。他先出钱装修好并垫付了全部的本钱，每个月给娘儿俩开几千元的工资，然后又约定了利润的分成方式，给这小哥们和他老妈感动得直抹眼泪，说您真是我家恩人，就差跪地磕头了。

当H说起这事时，他自己眼里还有泪花。我挺敬佩他这点的，内心充满热情与善意。当然了，我内心也多少有点担忧，但也不便多说。

H的老家是北方著名的旅游城市，夜市摊位处于黄金位置。这娘儿俩确实干劲十足，主要经营水果、冷饮、烤肠等，别小瞧这些不起眼的东西，架不住量大，生意越来越好。我哥们也挺开心的，直言授人以鱼不如授人以渔，后来干脆好人做到底，借钱给M帮他付了房子首付，又介绍了对象给他。据说，谈婚论嫁时的彩礼和给女方的首饰等也是哥们出的，仗义得不行不行的。

据说婚礼很体面风光，主要是我哥们全程操持的，不知道还以为我哥们是新郎的亲哥。待众人散去，娘儿俩依旧满嘴感恩之词，说没有 H 大哥你帮衬提携，我们算个啥啊。H 也喝醉了，拍了不少勾肩搭背亲面颊的照片，感觉很自豪且欣慰。

这是个挺好的开局。

接下来的故事走向，在很多剧本里都有过演绎，其实并不意外甚至有些俗套。夜市摊位开始几年经营得很不错，就算最近三年的特殊时期利润有所下滑，但也不亏钱，但今年经营恢复后依然没见明显起色。用 M 全家的说法是，成本涨很多，但收入没有明显恢复。

H 做生意多年，能感觉到有点不对，但也没多想。这些年经营明细账务都是娘儿俩主动上报，H 从来没有核验过。哥们确实也没有这个精力，当然，最重要的还是对他们信任。

用他自己的话讲，不至于也没必要。

后来呢，逐渐有各种不同渠道的善意提醒，说这娘儿俩在账务处理上有问题，让他留意着点。H 隐晦地提醒过他们，大概意思是我这个人对人不错，但也眼里不能揉沙子，人生的机会要自己把握好等。对方每次都点头说是是是，也不知道听懂了没有，但所报账目反映出的经营状况还是那样。

时间久了，我哥们长了个心眼儿，以外出为名离开数日,然后让朋友去店里用现金消费,想验证下申报数额是否准确。结果有点让他大跌眼镜,无论现金收入多少,申报数额都很少甚至为零,而且,从监控能看出来,这事他们全家都参与其中,从熟练和放肆程度来看,绝非是短期行为。收入端搞成这样,采购端的问题也不会小。

要说不失望,那肯定是假的。

H在电话里说完大致情况后,轻叹了口气说,这事也不好与他人讲,只好跟我吐槽下,也想听下我的意见。我听完笑了,说你来问我就说明你已经有答案了,不过这次你情绪还挺平静的。他也笑了说还好,都是跟劳哥你学的。

电话里我继续安慰他,他也认真听着。

我说,我对这个结果并不感觉到意外,某种程度上而言,这差不多是必然的结果。其实,善意被辜负是正常的,这也是善意的代价。因为彼此立场不同,你认为你在帮他们,他们认为他们也在帮你,至少是相互成就的。另外,善意最好别附有回馈期待,善欲人知不是真善,尽管这点不太容易做到。还有最重要的是,你被辜负了而不是你辜负了别人,你的成本可控,但对方的代价就太大了,可能已经好转的人生会再次遇到转折。

说得直白点,你很轻松地向下兼容,但他们担不住你的付出,彼此都是阶段性缘分,就此翻篇即可。

哥们说明白了,但他有点不太理解,他们为什么不能诚实守信,这样合作更为长久不好吗?很明显是利益最大化的最佳选择啊!

我说了个人观点,不是他们不想这样,是他们的能力不支撑,他们的过往经历和所处的社会层次,决定了他们的能力边界和认知极限,这些决定了他们的行为选择。

我大概还原下这个历程,可能开始他们确实怀着颗感恩的心,坚持如实申报来着。可能某天收钱多少记不清了,于是就按照估算报了个数。后来感觉差不多就行了,也懒得那么精确了,反正也没想占啥便宜,单纯图省事儿。然后发现,就算少报点也没事,于是就越来越偏离轨道,怎么都没有能力回归正轨了。

当然心存侥幸的同时,他们也会自我安慰,反正你是有钱人,也不差这点。想想,房子都帮我买了,我们全家生活都挺艰辛的,就算占你点小便宜,也算成全你的善意,是这个道理不?

当然,我可能猜想得不准确,没准他们也纠结与恐惧,担心某天会被人发现,但似乎又无能为力。真的等到被发现时,后悔已经晚了。现在这个结果,不是完全必然也是大概率会发生的。这事其实特别有代表性,从人性角度,很多贪腐行为也非常之类似。

哥们还是有点感叹,这辈子怎么就碰不上讲究人呢?

我说,其实道理也很简单,本来这个世界上能区分利益与是非的人就不多,如果他们具备你说的素质和能力,你根本就没有施展善意的机会。另外,尊重他人命运,本身也是种善举。当你感觉到憋屈时,都是人生难得的修行机会。

他问,劳哥你有过类似经历吗?

我说,这个世界上像你这样的人非常可贵,当然也是极少数,而绝大多数人都是不同程度的 M,我该说的都说完了,你自己看着办吧。我在酒店外面草坪上呢,可不跟你瞎白话了,大腿被蚊子咬好几个包了,拜拜!

他说,OK,拜拜!

二

接触人万千，友谊不过仨俩

接触人万千，友谊不过仨俩

友谊之所以珍贵主要是基于主观性，这种人生中重要的外部关系，既不像爱情那样需要情欲维系，也跟婚姻需要法律手续有区别，当然更不像亲属关系是基于血缘。正是因为随时可以淡化或者放弃，才让这种关系的维系更有难度。

一个有争议的老话题，就是男女之间是否有真正的友谊。

我个人倾向于还是有的。关键还是如何界定这个"真正的"，因为友谊的本质是相互欣赏尊重的紧密关系，而友谊要排除任何的男女情欲因素，这个是很难界定的，而且也很难被证明。但我相信男人之间的那种友谊，放在特定男女之间也是可能的。

另外，如何来界定友谊呢，经常听说有人交际很广，朋友很多，友谊是不是等同于朋友呢？我感觉友谊应该还是高于朋友的概念，在现代社会中，朋友的标准实在太低了，只要不是敌人基本就算朋友，真正的友谊应该是有几个特征的。

友谊相对比较简单，并非说友谊中不能有任何利益，但是友谊不能建立在利益之上。利益关系更多是商业层面的合作关系，而且基于利益期待的友谊非常不稳定，会因为利益无法实现而指责对方，其实这时候不是对友谊失望，而是对利益失望。从这个角度而言，友谊包括了欣赏、尊重、默契和宽容的特点。

另外，友谊似乎也不用特别维系，它发生在两个平等独立的主体之间，且没有啥时效性，就算多久不联系也不会彼此陌生。衡量友谊有个很好的方式，两个人能够共享沉默而不尴尬，不需要寒暄也不用打破沉默，彼此能够共处就能够接受，甚至都并不需要寻找开心的事情来做。

友谊需要彼此尊重，这点很重要。尊重既包括真诚、信任也包括能够彼此成就，而不仅仅是相互客气给面子。

比如，不能做利己但损耗对方的事情，要么能够做到共赢，要么能够做到一定限度的付出来成就对方，但这种也是甘心而并不寻求直接的交换。当然，坦诚相待也是必须的。对于朋友的请求，无论答应或拒绝都应该干脆直接，不用顾忌太多，当你认为成全别人委屈自己时，已经超越了友谊的层面了。

友谊还有个至高的标准，那就是无条件信任，很多友谊达不到这个标准，最终会导致绝交。绝交一般不会发生在普通朋友之间，而是发生在非常好的朋友之间，所以反应很惨烈。当然，君子绝交不出恶语，只离开而没有恩怨的碎碎念，是人品绝佳的特征。

从这几个特点而言，真正的友谊时效都不短，没有老朋友的人是有问题的，证明需要借助信息不对称才能维系周围关系。但因为友谊的标准很高，所以也很稀少，人生中多数的朋友走着走着就散了，这些都再正常不过。

人生接触的人万万千，成为朋友的或许能过百，而友谊不过俩仨。

相比得到，失去或许更有意义

人生在世，似乎脱离不了得失，而且很多的痛苦也跟得失有关。通常而言，人似乎更喜欢得到而不喜欢失去，比如得到生命、健康、财富和别人的爱与认可等，传播甚广的马斯洛需求层次理论基本都是在说人对得到的诉求。多数人都为了得到而毕生追求，各种励志与执着。

对于失去，却考虑的不多。

其实，跟得到相比，失去更是人生常态。仔细想想，人这辈子好像也没有啥东西是自己能真正拥有的，也就是说，得到是暂时的，但失去是永恒的。我们的财富终究会失去，健康也必定无法持续，直到最终失去我们最为宝贵的生命。或许，对失去有所思考，才能对得到有更透彻的认知。

曾经有客户带我参观他的商场，介绍情况时言语间诸多满足与自豪。我对这么大的商场居然归他所有而心存艳羡，但突然间似乎又感觉到莫名诧异，甚至不太真实。这座商场属于他，不属于我，但这个会导致他与我有什么不同呢？比如，他可以过来连逛带看，我也可以，或许他可以随意拿走商品而我必须为之付钱，但在有能力支付的前提下最终都有衣服穿。有人说还是不同，他可以把商场卖掉换来好多钱，然后再买很多东西，但你不可以。但是仔细想想，这又能怎样呢，他也不会每天身上穿 100 件衣服，说实话这种想法并非出于妒忌，而是基于思考，似乎很难找到合理的答案。

或许，人活着对物质的需求并不大，现在人对物质的追求有很高标准，但发现似乎没有尽头。我们开的车越来越豪华，却要跑步锻炼身体；我们吃得越来越精细，但肥胖引发的疾病也越来越多。或许，在满足基本生存后，对物质的追求更多是非理性愉悦，已经脱离了物质本身的作用。看来得到在满足温饱的基础上，给人带来的更多是精神愉悦，那么失去是否必定会带来痛苦呢？

有种失去，叫作丢失。

举个例子，假如你的笔记本电脑忘在了飞机上，直到回到家里才发现，你会如何处理呢？非常焦虑地给机场打电话吗？假如对方说没有捡到类似物品呢，你会不会每隔半个小时打个电话追问确认？最后终于找到了，是否会立刻赶到机场取回来,然后谢天谢地心里踏实了?其实,丢东西这事最重要的不是寻找,而是丢失后的心态控制,简单归纳就是能找回来没必要着急,找不回来着急没用。而且,要理性地看待积极寻找对结果的作用,比如上面说的电脑忘在飞机上,最终能否找回取决于工作人员的行为。通常而言,电脑体积不小,比较显眼,而且丢失人轻易不会放弃寻找。所以,基于分析对工作人员是否会偷偷昧下进行判断更有意义。另外,也衡量下最极端的后果自己能否承受,假设自己平时有文件备份的习惯,最坏就是损失几千元钱而已,那就更不用着急了。抽空给失物招领打个电话确认下,然后下次出差经过机场取一下即可。

其实,自电脑落在飞机上那刻起,能否失而复得就已经是定局了,跟自己的情绪和寻找行为的积极性关联不大,控制好心态和情绪尤为重要,用相对释然和豁达的思维进行理性止损。当然,对于性格急的人而言,这种表现估计是要气死人的,挨揍都绝对不冤枉。

有种失去,叫作错过。

严格意义上讲,错过不算失去,因为之前并未事实拥有,但是很奇怪,错过给人带来的痛苦甚至远大于失去。这点在炒股上表现得很明显,相对于割肉而言,似乎踏空更为痛苦。好像很难从心理学或行为经济学上找到理性的答案,只能猜想这应该是人类生存的本能。比如，在远古时代人类打猎，错过的遗憾会让人更积极进取，而损失的前提肯定是物质相对多余。总之，对未得到的欲求不满和对得到的不够珍惜，应该也算是人类与生俱来的本能。

错过会带来痛苦的另外一个原因是，人会认为很多事情发生具有偶然性，然后有各种假如和对不同结果的猜测。其实，哲学上有种理论，大概意思是说，凡是偶然也是必然的，已经发生的事情就是必然发生的。所以才有句俗语叫"得之我幸，失之我命"，人生没有假如，遗憾和后悔是最无效的情绪，除了闹心并无他用，而且会带来最大的副产品——纠结。

也有种失去，叫作舍弃。

生活中最常见的舍弃就是扔东西，相对于其他的失去而言，扔东西没有那么痛苦，因为主要是基于主观意愿。人差不多分两类，喜欢扔东西的和不喜欢的，当然各有各的想法做支持，当然也很可能相互瞧不上，要么视对方为败家子，要么视对方为吝啬鬼。

其实，扔东西这事反映的是人对物质的控制欲和对使用价值的取舍。有人对物质有极端的控制欲，尽管很多东西没有用，但依然不舍得丢，因为那是种本能的非理性痛苦，甚至远大于物品无法使用带来的不方便。对于这类人而言，最痛苦的事情就是搬家，不是因为东西多麻烦，而是因为需要面临可能的取舍挑战，这才是最恐惧的。

痛快扔东西的生活方式，可以让生活变得轻松。尽管背着浪费的骂名，但是仔细想，如何界定浪费呢？违背自己的意志生活才是最大的浪费。宁可扔错了将来再补救，也不能为了理论上的可能而堆砌。人生本来就是个失去的过程，与其终究被动失去，有时候还不如主动割舍痛快。

还有种失去，叫作赠予。

赠予就是送东西给别人，这事说起来既简单又复杂，赠予导致的是失去，其实本质是种交换。首先，送人东西通常是有动机的，俗语说"赠人玫瑰，手有余香"，说明赠予行为也是利己的。但是，受利己驱动的赠予也有区别，有些人为别人付出是以回馈为目的，比如别人感谢或回报，即以利他的方式实现利己。也有人为别人付出不求回报，认为帮助行为本身足够美好。很明显后者的幸福感会更强，因为主动权在自己的手中，获得满足的确定性更高。

有些人送别人自己不要的东西，有些人送别人自己喜欢的东西，前者无法理解后者，后者也无法接受前者。有人说，拿自己不用的东西送人，每个人都会很大方，其实有人是自己不用的东西也不会送人，这主要是基于对物的控制欲，怕自己某天会用到而懊悔，也是基于狭隘，会因为别人得到赠予而嫉妒对方。

很多时候，我们习惯认为重要的东西，从另外角度思考，会发现答案会有不同。人生的精彩在于，无论我们活多久，都是个阶段而非永恒，得与失或许就是对生命终极意义的思考，我们被雾霾遮住了双眼，看不到满天繁星，也习惯了随波逐流中带着焦虑忙碌，而忽略了内心原本的安宁。

条件匮乏带来的思维误区

有个现象，当某种条件匮乏时，人就会无限放大这个条件的作用。比如，有人家庭条件不好就会放大财富的作用，把自己各种人生不如意都归结为贫穷，然后，暗暗发誓，当我有钱了这些就都不是问题了，似乎钱就变成无所不能的了。

若条件真的改善了，会发现并不是这样的，人生依然有很多无奈。

类似的情况还有很多，所以有人经常会有很多假设性问题，这些问题都透露着这种条件匮乏带来的思维误区。比如，经常有人问，像我这样的没有背景的人进入到投行，能有希望做出成绩吗？

类似问题其实不好回答，很显然成绩取决于很多因素，但是提出这样问题的人，大概率做不出啥成绩。我这么想，不是因为你没有背景，是因为从背景和成绩的关联度层面折射出你对这个世界的认知有误。简单说吧，影响你的不是背景，而是思维。

网上会有很多奇怪的言论，对这个世界有很多夸张的推测。比如，有人取得了些成就，大家就会扒他的背景，比如他岳父是挺有本事的，他老婆如何如何，当年他有个同学怎么帮他。当然，众多成就他的因素中可能有这些。但很多事情原因都很复杂，有背景因素，有个人能力，还有时代大趋势的馈赠，甚至有些就是因为狗屎运。

不是说这些观点没有道理，而是这些观点有种什么感觉呢？习惯给别人优于自己找个理由，而这个理由是某个自己并不具备的条件，然后给自己的不如意和平庸找个借口。你看他很牛是因为他有背景，我不具备这个背景，所以我并没有他好，然后构造出这个社会的不公平，还有自己的怀才不遇，人生就是这么不公平，发出一声叹息。

我认为，这些都是弱者思维，除了能够安慰自己外，没有啥积极意义。关键是，这些想法从逻辑角度会自洽，但通常会远离客观事实。因为这些都是观点，而且是很容易形成的观点，会阻碍你对这个世界的认知。

说直白点，这些观点会麻醉你的心情，但会让你越来越愚蠢。

曾经有个做外科医生的朋友，我问他，有很多人说，若做手术时病人没有给红包,他会不会故意把手术往坏了做?他情绪略有点不耐烦,反问了我,要是我是他会不会这样?我说当然不会,他说你不会那我凭什么就会呢?

我说,可能你职业操守高,但是不可能所有医生都这样。他苦笑说,这个观点明显就是没有医学常识的人臆想出来的。

首先,把手术往坏了做对医生而言,有啥好处呢?等着追责,等着家属告,还是自己会感觉到很爽?其次,相信多数医生在进入手术室后,都会把精力聚焦在手术本身,哪有时间考虑啥红包的事情。最后,最重要的是,你以为故意把手术做坏那么容易吗,那比正常实施手术难多了好不?

想想也挺有道理的。

理解与认同是最大的奢侈

其实，每个人所处环境不同，沟通的语境差异会非常大。比如，我经常接触外资投行从业者或者律师，他们经常会说很多英文单词，我理解这是他们比较"偷懒"的沟通方式，但说实话很多我几乎不知道啥意思，有时候还不能追着问，只能默默地点头，好像听懂了的样子。

有时候，人与人之间的沟通壁垒是非常高的。

比如，你参加初中同学的聚会，大家基本上都不是金融行业的，那你就不能说 IPO（首次公开募股）这个词，因为几乎 100% 的人不清楚啥意思。另外，也别讲你工作的内容，因为无论你讲得多通俗都很难让人理解，毕竟隔行如隔山，尤其对金融行业而言，很多工作日常描述特别像吹牛，所以跨专业寻求共鸣几乎是无法实现的。

其实，对此我曾经也很不理解，甚至会因此怀疑他人的诚意。

比如，偶尔会有客户推荐孩子来实习，每次都说这孩子如何优秀，从小看到大，啥品学兼优、985高材生等。来实习后，我发现这孩子不行啊，干活质量差、反应慢、悟性低，智商、情商都低于一般水平。

我想，你推荐实习没啥，干嘛骗我啊，拿我当傻子吗？

后来发现不是，因为客户再见面时会跟我求证，劳总，这孩子不错吧，我推荐的人肯定差不了，我也只能礼貌性地点头。类似情况发生过几次后，我就开始反思。我想大体应该是这样的：客户说这孩子是他身边十几个孩子中的佼佼者，但是我们通常对实习生的选拔要严格得多，我们习惯了名校的各种天才学霸，会认为每个年轻人就应该是这样子的。

一句话，我们认为普通的，其实可能并不普通。

在刚刚入行的时候，这种认知偏差也会在业务拓展中出现，比如我们曾经在会议上就项目操作的方案、条件和时间表都做了介绍。客户听了连连点头，说非常清晰有逻辑，我们都懂了，你们确实专业。但是过后发现执行中客户还是没啥概念，客观而言就是没完全听懂，然后会反反复复地沟通，而且几乎每次开会，方案讨论的内容都差不多。

我会疑惑，怎么客户理解力这么差呢？

后来和客户熟了，也沟通过类似的事情。客户讲，这个世界多数人的沟通效率没有这么高，在专业领域也别指望一点就透。我要是能那么快就学会，你们还能靠这个吃饭吗？另外，在短时间内做有逻辑的全面沟通，这不是多数人的习惯和能力。你们不要感觉到诧异，你们才是少数的另类好不好。

想想也有道理。

我上学时，曾经给差生讲过数学题，我说这么简单的题怎么可能不会呢，解题方法一眼就能望到头啊。对方沉默不语，然后我分步骤讲解，看到他眼里还是茫然。我感觉有点无奈，最后他扯着本子离开了，说实在受不了我对他的羞辱。其实，他的感受和我的感受可能都是客观存在的，包括彼此无法理解也是。

所以，每个人对他人的理解，都跳不出自己的局限，从这个角度而言，理解和认同是这个世界最大的奢侈。

我干了，你随意！

我在工作中有个习惯，即使面对初次见面的客户，对于他提出的各种疑惑，我也会尽我所能地给出建议。比如，这个并购交易到底应不应该做，应基于怎样的决策逻辑。若是必须要做，应该从哪些角度来考虑，目前的方案到底是否可行及是否最优等。

怎么说呢，基本上见面就掏心窝子。

当然，也有人不太赞同我的做法，大概逻辑是对方还没有签署聘用合同呢，你几乎把操作细节和方案都毫无保留地和盘托出，这样人家还为啥花钱请你呢？所以，最理性的方式是说一半留一半。说的这半呢，主要用来彰显你的专业，起到"勾引"对方的作用，而留的这半若想知道呢，对不起，你得买单。

我说，大哥你挺有招儿啊，把我说得像风尘女子似的。

不可否认，他说的有些道理，但我确实不赞同他的观点。我认为，从客户营销的角度而言，毫不保留地愿意帮助客户，比有所保留更容易让客户买单。毕竟投行业务比较专业复杂，绝对不是简单几句告诉你怎么去做，然后你就能学会不需要我了。话又说回来了，我告诉你怎么做，你就会做，而且可以完全抛开我，那只能证明，我提供的专业服务没有啥价值。

有人问了，有没有客户感觉完全听懂后，不愿意再花钱而自己操作的。这种情况历史上有过，但确实是极少数，主要是很少有项目就差这层窗户纸的。从逻辑而言，有保留的沟通其实是不理性的，不能为了极端的1%，而让99%的沟通营销效果不好，这账还是挺好算的。当然，也有拿着我们的方案，为了贪图便宜找小券商操作的。这种情况也很难避免，但能够赢得客户的认可和高评价，这个概率更大。

一句话，要看大方向，不过分计较局部得失。

其实，生活里面类似的事情有很多。比如，曾经有同行业的投行邀请我去讲课，邀请方挺有顾忌地问我愿不愿意讲，我爽快答应说没问题的。也有人会说，给竞争对手讲解业务如何才能做好，你疯了吗？我说其实没事的，讲课这东西与其说是解惑，不如说是营销。无论我怎么讲，对方也没有那么容易学会，没准还能借机挖个墙脚，让几个并购核心业务人员投奔过来呢。

举个例子,《劳阿毛说并购》卖了接近5万册,看过的人都学会并购了吗?

其实,无论工作还是生活中,得失与否有时候很难说清楚。常规的逻辑判断也未必有效,而且特别容易形成误解。我在网上看到某个小说作者面对自己作品销量不好,认为自己写得质量还行,但是别人都不知道。要是做适当剧透呢,又担心别人知道了大概内容,丧失了购买小说的欲望,内心各种地纠结。

我的观点完全相反。

不应该是在网上看到某篇小说感觉确实不错,然后,经常会跟别人安利,然后大家都知道有这本书,翘首以盼等纸质版吗?怎么说呢,所有销售的前提都是欲望,多数欲望的前提是了解,而不是神秘,除非你是余华。另外,就算看过了全部电子版,多数人也记不住,就算记住了也不影响去买纸质版。就算买了纸质版给自己,也不影响会再买一本送给别人。

说直白点,有时候千万不要高估自己在别人心里的地位,也别低估网络群众遗忘的速度。我经常遇见有人说特别喜欢我,说对我出演的综艺《令人心动的offer》印象深刻……我听到后都会微笑说谢谢,懒得去纠正那个综艺其实是叫作……另外,还有人说听我讲过三次课,说每次都笑得不行,我略有尴尬地问,很多段子包袱都差不多,你听几遍不感觉到烦吗?他说不,每次听了感觉都不同,不知不觉间还升华了呢!

你看看人家!

好人难做

客户或朋友在做相对重要的决定时,偶尔会跑过来征求我的意见。有些是与生活相关的,类似工作调整、子女上学或者结婚离婚啥的,当然,也有些类似创业投资或者重大项目的决策等。我认为,这些人能够选择来与我讨论,也算对我的信任,无论这种信任是基于我的判断还是我的立场和动机。

总之,我都认为对我是种肯定,自己也热心参与。

很多时候,人生的烦恼其实是无解的,绝大多数可能就是为了倾诉一下。所以,这种情况相对比较简单,自己的价值更像个树洞。当然,还有很多情况,人的困惑并非来自于认知,而是能力或者条件欠缺。比如,想买房子但又没钱,或者孩子学习成绩很差,很苦恼,这些都是没啥解决办法的。除非给予行为上的帮助，单纯的话语建议会显得非常苍白。

有时，还真有些重要的选择来找我商量的，而这些又正好在我的专业擅长领域。这种就会让我非常地纠结，尤其是求助者的咨询本身就带着对答案倾向的诉求，内心希望我能够再"加强"下他的判断。假设我内心持偏否定的意见，这时候就面临着很大的困境，总感觉有些进退两难。

当自己真的有解决问题的价值时，到底该如何面对呢？

在这种情况下，我通常都会问自己几个问题：比如，对于自己的判断是否有足够的信心？又如，对方接受你的意见而调整决策的可能性大吗？还有，假设对方改变了主意，会不会因为后续没有机会验证结果而持续心有不甘？最后，对方不听劝说最终踩坑了，客观验证我的判断正确，这是否有正向意义？

简而言之，你要选择善意输出还是免责？

其实，每个人都要为自己的人生负责任，多数时候旁人意见很难左右大局。所以，这个困境确实是不太好处理的，不坦诚表达有愧于别人的信任，说出心里话也没啥用。因为对自己有要求，同时也对他人心存善念，所以这事才变得比较复杂。因为这个世界有条规律，就是好人非常难做。西方也有条类似的谚语，叫作地狱之门都是善意铺就。

我们明知道好人难做，但却很难放弃做个好人，所以我面对类似情形时，还是会给出相对真诚的建议。比如，相对客观分析利弊，并给出明确的倾向性观点；但也表达会尊重对方决定，不做太多用力的游说；同时，会把致命的红线风险明确出来，提醒极端后果对方能否承受。另外，若坚持要做，后续遇到困难，希望对方能提出来，自己愿意共同面对和解决。

有人说，话都让你说了。

其实不是，遵从自己的内心和对他人的善意，同时又能做到被人理解和认可，确实是种奢求。当然我希望他们听从我客观的分析，放弃或者改变自己的想法，但确实非常难，对多数人而言，只要没撞到南墙的时候，总会认为那里都是机会。所以，我对自己的分析能够改变对方，确实不抱太多期望。

我类似表达的结果一般就是，对方还会坚持自己的想法，或者会找更多人来咨询，然后选择性接受那些自己内心倾向的答案。最好的结果当然是进展顺利，证明我当初的疑虑是多余的。他会庆幸没有被我阻拦。当然，后续他很困难的话，肯定会很郁闷，要么感觉我是乌鸦嘴，要么懊恼于自己的误判。

总之，关键时刻提不同意见，不论能力高下，不论动机是否纯良，注定都没有个好结果。可能以后和很多人都不太好做朋友，包括客户也是如此，大概率从此要相忘于江湖。所以，能够理解为啥医患关系通常都很紧张，原理大概如此。

有人问，就没有那种人，后续踩了坑后回忆起你的谆谆教诲来，反而非常认可你的善意和判断，非常后悔没有听你的建议，回头把你视为人生的明灯。这种人几乎没有，就算他真的肠子悔青了也不会感谢你，而是大概率会怨恨你为啥没有拼命拦着他。因为有这种能力的人，他们自己判断力很强，基本上不用来征求我的意见。

　　所以呢，善意有价值，但回报率不高，这也是它的珍贵之处。

说几句钱的事

每个人在生活中都需要面对钱和处理钱。但说心里话,钱的事能够处理好特别不容易,因为谋求利益是人的本性,处理与钱相关的事宜是人生更高级的技能。这背后是钱之外的因素在发挥着作用。

关于钱的事往简单了说也简单,无外乎是赚钱、花钱和往来钱。所以,与钱相关的事大体可以归纳为怎样赚钱、如何消费和基于钱的人际关系处理等,而这几件事随便拿出来个点,都足以形成篇社会学的博士论文来。

先说跟钱有关的人际关系,这点非常重要,也足以体现出人的价值观和认知水准。在所有人际关系中,与钱相关的都最为直接和浓烈。没有人不在乎钱,所以钱就成为人能力和观念的试金石。通常说酒桌、赌桌见人心,其实人心在钱的面前体现得更为淋漓尽致。

先说说借钱这事。

借钱的核心要点是如何借、如何还。借钱的行为载体是钱，但最重要的不是钱，而是在借与还的过程中对自身信用的影响，还有就是对别人的尊重和善意。所以，借钱的操作有几个非常重要的关键点：首先是能够实现借钱目的，让自己度过难关；其次是尽可能不要透支和损害个人信用；最后就是过程中要让彼此都舒服和愉悦，至少以后还能见面而不尴尬。

其实，这几点能够做到是非常不容易的。除非是企业经营行为的正常举债，对于个人而言，不到万不得已时不要借钱。若真的需要借钱，要有让人信服的借由，比如民间所说的"救急不救穷"原则。借钱人在借钱时要明确说明情况，为什么借钱，借多少，做什么，何时偿还，若有必要也要明确利率。另外，绝对不能给被求助者压力，让人为难，因为借是帮忙，不借是正常，没有人有义务必须帮你。

所以，我认为比较稳妥的借钱，应该这样描述："最近我家小孩出国需要存款证明，目前我这儿有30万元缺口，想找亲戚朋友帮忙凑下，打算从你这借10万元，使用6个月左右，若您方便就帮我下，不方便也没关系，我还有其他途径能搞定……"

但实际中，很多人是怎么张嘴借的呢："你有钱吗？借我20万元，请你放宽心，下个月保证就还你。你身家实力我了解，就凭咱俩这关系，这么多年我头一回张嘴，我想你肯定不会不给我这个面子，另外，这点小事不用请示嫂子吧……"特点是不说借钱的详细情况，把对方架得挺高，就想堵住对方婉拒的嘴，这样的方式要么借不到，要么借了估计也不想着还给人家。说得直白点，重点关注在钱能否借到，而完全不顾对方的感受，也是种信用不佳的外在体现。

还有，借钱遭到对方拒绝，要表示理解，不要有啥怨言；若对方借钱了，要表示感谢，这也是做人最基本的素质。我经历过被人哀求借钱，但微信转账过去后，对方只收款却一句话都没有，令我费解加恶心。另外要跟对方表达："我最迟……偿还，如果中途有需要随时提出来，我可以想办法提前偿还……"

另外，还钱其实也有讲究，首先是必须不能逾期，有人说可以逾期，但要跟人说下。我认为，只要之前说了偿还期限，就要说到做到，绝对不能逾期。另外"远打日子近还钱"，最好稍微提前点，别让对方心里总有点打鼓。另外，如果借钱是经营性的，无论是做生意，还是炒股，还是买房，都必须要给利息，若对方和自己关系很近，也可以买点跟利息价值接近的礼物。

其实，上面的道理多数人都懂，但绝大多数人做不到。为什么呢？因为能做到的人几乎不会缺钱，即使有缺钱的时候，也会有人主动帮忙，根本就轮不到主动借钱。另外，再重申下，除非万不得已，不要借钱，否则伤感情是大概率事件，除非你根本不在乎……

再说下如何分钱。

我理解，分钱这个话题包含两个层面，既包括对待利益的分配与取舍，同时又包括对这笔钱的具体处理程序与认知。简单来说就是，如果你有权做利益分配，大概处理原则是什么；如果你收到了本来应该属于其他人的钱，你应该怎样处理最合适。还是那句话，所有跟钱相关的事情，都是试金石，背后都是信用经营和认知呈现。

我记得曾经投行在承包模式时，每到年底奖金分配，其他部门都有各种争论，然后伴随着去找领导告状和集体分家出走等。当然，也有的部门处理得很好，大家都非常开心，愉快地面对分配结果，没有怨言，也没有争论。

总的来说，对这件事的不满意是常态，而满意是应该追求的小概率事件。

首先，关于利益没有人会不在乎，除非你是圣人或者神仙。另外，多数人会习惯对自己贡献值有过高的评价。还有就是，多数人都有贪欲，希望能够在自己应得的基础上尽可能多得，在利益最大化和公平上选择前者。当然，有些人是只有利益观，而没有是非观，只想要更多，而内心完全对所谓的公平没概念。

基于此，分配文化就非常重要，会决定团队成员对公平性和分配结果的信心。说简单点,当你面对分配结果时,是否担心自己被欺负或者不公平对待。

无论是企业还是部门,很多文化就是核心人的价值观体现。从团队角度,要对外勇猛,对内体恤,也就是说,主要向市场要效益,带领团队去捕获更多的猎物,能够把蛋糕做大。这是大前提,而不是相反,对市场无能为力,总喜欢在内部骨头棒上刮油。

另外,要有标准和对公平的追求,这样才能让内部有阳光的分配文化。什么意思呢,就是要心明眼亮来客观评价团队成员的贡献,包括能力、态度和业绩等。简而言之,就是不能依靠承受力和关系好坏来进行分配。另外,团队成员的待遇是他们付出换来的,不能把这些当成是领导的恩赐。

还有就是在明确标准的情况下,应该向年轻人适当倾斜。比如,告诉小朋友按照考核你应该拿 30 万元奖金,但内部做了调整,调剂了高职级奖金后把你的奖金提高到 40 万元。这样处理有几点好处,首先相同的数额放在小朋友身上提升感特别明显,老同志多 10 万元没感觉,小朋友多 10 万元高兴得鼻涕泡都出来了。另外从税负角度也很经济,因为小朋友的所得税税率很低,给老同志奖金有一半都交给税务局了。还有,年轻人是未来,是希望,是早上八九点钟的太阳,他们也会成长,若干年后没准还指望人家收留呢……

另外，上面的处理方式对职级高的同事是种思维习惯的训练，有利于形成比较宽厚的利益分配文化。大家都知道照顾下面兄弟，然后整个团队积极愉快地奋力去市场打拼，然后就有利于形成某种正向循环。那就是优秀的小朋友都愿意来，来了都拼命，拼命后都能得到优待。对分配的公平性有信心，到年底分配时听个数就 OK 了，彼此都开心，不用背后问候亲娘。

分钱还有个含义，就是处理自己手中的过路钱。比如说，别人垫付的钱，但是你走的报销程序。或者作为工头讨要了薪水后分给其他人，生活中类似场景也经常有。

首先，要绝对的信息透明，亲兄弟明算账，不能整得不明不白的，尤其是关系很好的情况下。另外的原则就是不能拖延，"钱不过夜"也是最基本的原则。还有就是，不能取整抹零，尤其在转账的情况下，精确到元角分不难，从利益而言必要性不大，但体现出的原则和态度，却比钱本身重要得多。

知易行难，尽力而为！

如何避免焦虑？

我感觉，在现代人的情绪中，最常见的就是焦虑了，几乎人人都无法摆脱，似乎生活在这个世界上，整天都有焦虑的事。

焦虑本质上是恐惧，是对未知的恐惧。

焦虑这事最讨厌的点就是很难治愈或者摆脱，比如疲惫可以用休息来缓解，比如饿了可以大吃一顿，甚至发烧都有退烧药。但焦虑呢，有时候特别无能为力，而且想摆脱焦虑的过程，本身也会加深焦虑。

这是个很奇怪的现象，按理说目前人类进化到食物链的顶端，作为一般动物的生存危机基本不存在了。比如，在草原上的动物，每天都随时有可能被吃掉，或者很难保证温饱。而作为人类，在这些担心都是多余的前提下，为什么还会滋生出更多的焦虑来。

我们会为很多事情感到焦虑，多数都跟比较和竞争有关。我们会担心业绩考核完不成，会担心找不到工作或者失业，担心找不到对象而孤老终身。担心自己孩子成绩不好，将来没有办法在竞争中胜出。我们焦虑自己的身体，担心自己肥胖和三高，还有担心自己会随时得癌症。

似乎，我们不给自己设置点需要焦虑的事项，就根本不会活了。人人都痛恨焦虑，而且也大概明白焦虑没啥用处，但是就是有些无能为力。就像韩寒说的："懂得很多道理，但依然过不好这一生……"

那么，面对焦虑真的无能为力了吗？

首先，要知道情绪解决不了问题，但思考非常必要。当遭遇生活中的困难或者波折时，我都会问自己几个问题：（1）最坏的结果是否能够承受？（2）最坏结果出现的概率有多大？（3）目前能够采取的有效办法是什么？这几个问题想过后，大部分的担心都会排解，少部分的担心因为无法排解也只能交给命运了。简单来说就是，小事不用愁，大事愁没用。

其次，要克服贪念和过度欲望。维系人活在世的条件不难，其实除此之外就都是负担。比如赚钱的目的是花钱，花钱的意义在于提高生活质量。所以，钱是工具而不应该是目的。另外，也要接受人生的不如意，比如房子不够大，老婆不够漂亮，孩子不够聪明。有点房贷没啥，谁过日子还不拉点饥荒……

还有,除了自己老婆孩子外,别为了满足别人而牺牲自己。有时候我们特别爱为别人活,好像生怕被人看低,甚至在意陌生人的目光。比如在人群中不小心放了屁,因为被人哄笑而久久不能释怀。仔细想想,谁会跟陌生人的一个屁较劲呢,大家都这么忙。有时候需要忽视别人,更多取悦自己,这点重要但很难做到。

最后,要用有高度的和发展的眼光看问题。记得有句台词:"让你难过的事情,你一定会微笑着讲出来……"如果你认为遇到的人很烂的时候,把自己拔高后俯视,他们就不再是你的对手,而是芸芸众生的小丑。所以,阿Q精神很有必要,选择性忽视是种很强的能力,会让你的人生更游刃有余。

当然,这些也未必能解决全部问题,你焦虑时要坦然面对,接受自己的不完美,静静地等待这段糟糕日子过去,迎接下段糟糕的到来。

没事,死不了。

说说嫉妒

在做交易撮合中，经常会有老板替别人算账，这单交易明明对自己很有利，但是发现交易让对方也赚了不少钱，于是乎就不高兴了，还有的直接选了次优方案。看上去很任性，不是理性决策，但似乎又很符合人性，这就是嫉妒。

上到福布斯排名靠前的超级富豪，下到街头的乞丐，似乎都脱离不开嫉妒。这似乎更接近人的本性，就算是品行还不错的人，看到别人的好内心其实也略有复杂。嫉妒似乎是竞争意识的某种向内转化，或许是人性中很常见的情绪。

嫉妒是对别人的拥有或者成就感到的强烈阴郁的不爽，这也是嫉妒跟羡慕和憎恨的区别。似乎每个人都不愿意承认自己的嫉妒，任凭这种幽暗的情绪在内心慢慢滋长，最终让人痛苦不堪甚至会做出破坏行为。

仔细想想，嫉妒有个很明显的特征就是时间与空间维度的接近。因为本质可能是竞争的变形，所以，你不会嫉妒古代皇帝有三宫六院，也不会嫉妒某人当选了美国总统。但是很可能会因为同学分数高，同事得到领导赏识，而内心产生不可告人的不快。

若他人取得了成就，这成就是你唾手可得却放弃的，你会因为有优越感而不会嫉妒。若他人的成就是你无论怎样都无法企及的，也会让你甘拜下风，更多的是羡慕。所以，嫉妒的来源是你所期待却求之不得的东西，但与你很接近的人得到了，这时候嫉妒感最为强烈。

当你对某种成功相当期待时，你会痛苦，当经过努力依然无法如愿时，这种痛苦会加剧，当看到身边人居然很轻松得到了，那就差不多要万箭穿心了。而且，当嫉妒转化成行动时，会有复仇的效果，不能让他得逞！当嫉妒被压制时，会转化成轻蔑，切，就他！

所以呢，人很难做到理性。在所有情绪折磨中，嫉妒带来的痛苦最为强烈，占有欲次之，贫穷或匮乏反而最小。

嫉妒的本质是对功利的计较，而对于某些精神价值或者技能，在没有转化成利益之前，多数人会选择宽容。比如，凡高画画水平高但在没卖出去之前，很难有人因为艺术水平而嫉妒。但是如果作品可以给他带来名利，那么就可能不同。所以，淡泊名利的超脱者会好些，不易遭到嫉妒，也不大会嫉妒别人。

竞争意识有时候会让人狭隘，对于别人的成就我们习惯挑剔，来证明人家受之有愧、徒有其名。其实这是用情绪来解决问题，大可不必。若他人确实徒有其名，本身的成就根基有问题，不必嫉妒；若成就是客观的，也应该给予喝彩和见贤思齐，而不应该嫉妒。

人世间有很多计较，都可以用不必要和不应该加以区分，这样日子会好过很多。另外，人类所有负面情绪中，嫉妒和迁怒是恶中之恶，因自身狭隘而伤及无辜，且受害者多是身边亲近之人。

绝交，成年人必备的能力！

成人世界里，绝交特别值得思考。这似乎是个不太好的词语，都说以和为贵或多个朋友多条路等，而绝交是在人际关系上做减法。这需要勇气，更需要能力。同时，绝交听起来十分情绪化，更需要理性对待。

绝交的前提是必须有深交。

泛泛之交可以随时放下甚至淡忘，所以根本谈不上啥绝交。绝交的前提就是彼此的关系非常近，从这个角度而言，广义的绝交不应该只涉及友情，还涉及亲情和爱情，最典型的绝交就是恋人分手。当然，我们通常说的绝交指的是朋友之间的决裂。

俗话说，君子绝交，不出恶语。所以，绝交的本质不是仇恨而是放下，某种程度上是种关系的降维处理。从形式角度，也并不是拉黑，永不来往，而是从内心里面重新定义两人的关系。

简单说，绝交不是翻脸，也不是仇恨，而是彻底放下，不再有期待。

绝交这事频率不能太高，太频繁了要么说明你对人的判断有问题，要么说明你人品有问题。尤其那种随意绝交然后又恢复的，是典型的低级巨婴表现。但是若从未有过绝交的经历也不对，要么从来没有深交过，要么就是对人对事缺乏原则性，或者就是懦弱，这样既委屈了自己，也无法成全别人。

所以，绝交是个偏正向的词。意味着人有勇气在人际关系上做减法，在自己人生路上放弃那些不适合自己的人。这样会节约出更多的时间和精力善待值得善待的人。人这辈子跟其他人的缘分都是阶段性的，所以都要珍惜。

珍惜的核心方式是有取舍，所以才有放弃。

人与人之间的关系大体分两种，一种是互惠型的，另一种就是消耗型的，所以人际关系也是需要经营的。人与人是不同的，人本质都是利己的不假，但有人会用利他的方式来实现利己，而有人只会通过利己的方式来利己，不同的方式背后是人生底层的算法不同，效率、效果自然就有很大的差异。

简单说，人愿意与他人交往，要么基于利益，要么对方值得自己学习，要么能够收获快乐。若以上三点都没有，那么这个关系不会长久。

绝交要么是因为某个突发事件，让人对彼此的关系做了重新定义，要么是日久见人心，彼此渐行渐远。当然，绝交也可能是因为误解。但客观而言，绝大多数误解是当事人故意的，只是作为绝交的工具而已。冤枉你的人比谁都知道你的委屈。

所以，成人世界中对待友谊要谨慎，别喝点假酒就成了哥们；另外，绝交也要更为谨慎，别因为盒烟钱就翻脸；当然，断舍离时也别犹豫，敢于做减法才能提升生活质量。

人生苦短，尽可能与值得的人同行。

说说死亡

死亡是人人都需要面对的，在这点上几乎所有人都平等。想想就是因为有死亡才让生命具有阶段性，人生的精彩和有趣都根源于此。有句话叫作向死而生，好像还有句话，"不知死，焉知生"，大概都是这个意思。我认为，没有思考过死亡的人，就是没有思考过人生的人。

有人说死亡不吉利，说这干嘛。其实，这太有必要说了。

现代生活似乎隔离了普通人与死亡的物理距离，因为死亡似乎有专门的场所，医院和殡仪馆似乎都距离我们很遥远。当有天自己的亲人或朋友去世时，才发现原来这个世界还有这么重要的出口。似乎，死亡在微笑着等着所有人，或早或晚。

曾经跟大学同学聚会吃饭，他很严肃地聊到一个话题，就是自己死后到底应该埋在哪里。他说他祖籍湖南，但是出生在贵阳，后来随着父母到天津塘沽生活，最终考上北京大学并取得北京户口，目前在杭州定居。其实，我理解他的困惑，他不知道他的根在哪里。用他自己的话而言，似乎埋在哪里都不对。

听者都笑了，但他脸上真的有悲伤。

我小时在农村，感觉生老病死是日常生活的一部分。经常在早上醒来有村里邻居过来通知，谁家老人去世了，有时候可能就在隔壁。然后，我就看到我爹披着衣服跟着出去了。等我起床过去看热闹的时候，周围人都过来帮忙。逝去的人用白布盖着，停放在门庭，各种程序有条不紊地进行，有人去买菜，有人组织吹鼓手，有人做孝服，有人去买棺材、选墓址等。

这些都是标准程序，亲戚子女偶尔悲伤哭泣，晚上很多时候还叫来"民间艺术说唱"。若死者年纪大，算喜丧，那么演出内容会非常轻松欢乐。看着那些身披重孝的人也跟着笑得前仰后合，感觉好像缅怀变成了庆典。

经过三天后下葬，仪式在鞭炮声中尘埃落定，然后大家都各归其位，恢复了往日的宁静。

其实，每个人与这个世界都是阶段性缘分。人生几十年似乎很漫长，但跟浩瀚宇宙的上百亿年历史相比较，也就是灯火瞬间。大概也就跟一根火柴划过后熄灭差不多。

而且，人生中有不懂事的孩提时期，有老年无法生活自理的呆傻阶段，真正有质量和有价值的也就那么一段。

想过没有，你过的每天，都是你生命中最年轻的一天。想过没有，再过 100 年，今天你周围认识的所有人几乎都不再存在。抬头仰望下星空，这个世界你曾经来过，那么你存在的意义是什么？

所以，当你喜欢别人还不敢表白，当你忙于工作没时间陪家人，当你因为同事升迁而耿耿于怀。你不妨仔细琢磨下，或许，应该有更好的选择。当你年纪大了，处于弥留之际，你能否内心平静不留遗憾地对自己说，这个世界，我真的来过。

三

有时候，实话是真难听啊

有时候,实话是真难听啊

经常遇到种情况,有朋友介绍客户过来,说有业务机会,聊几句后发现不靠谱。所谓的项目,基础实在薄弱,就是有个很大的梦想,但是呢,要钱没钱,要能力没能力,然后幻想各种嫁接资源,想先从搞定券商开始。

说直白了,就是异想天开。

这种事肯定是拒绝了,但是有个难题经常困扰我,是不是要把话说清楚。因为通常对方都会问,你们不做这个项目是为什么,你听我讲讲这事的来龙去脉,你们中介机构判断也要有严谨的依据,你凭啥就下结论说项目干不成呢?

对类似项目之所以是判断,不是武断,其实就是经验积累形成的本能反应。有些人有些事确实需要了解情况才能下结论，有些事听个大概没有必要了解细节就知道没戏，道理也很简单，很多事情都是常识。所以，拒绝会给人感觉不好，尤其是人家带着诚意来求助的。

话说到这，确实会有些尴尬。

拒绝得特别干脆甚至都不愿意做深层次的讨论时，你不解释吧，人家会感觉你这个人确实不严肃，而且有朋友引荐你却不给面子；但是解释吧，有时候事实的真相也很伤人。很多时候需要对非专业人士做专业科普，不做人家的项目，还得给人认真上课，让对方心服口服，最终接受这个冰冷的结论——这事根本没戏，因为事和人都不靠谱！

其实，每次都有点后悔，怎么就不能找个委婉和让彼此都有面子的理由呢。比如，你们项目是挺好的，但是呢，我们现在太忙了，人手也不够，很难提供让您满意的服务，为了不耽误您的事，所以就不参与了，希望您的宏图伟业能够实现，确实是利国利民的好事。

但这话好听吗，我怎么感觉更恶心呢。

大哥，你先买单吧

故事发生在差不多五年前，有位大哥找我吃饭，要探讨业务，这种半熟不熟的也不好拒绝。见面后大哥把我好顿夸，说我是业内翘楚、青年才俊、超级无敌资本市场小能手啥的，说了好些好听的话。说我很可能是他人生的贵人，然后就开始了畅聊。

他说在东南沿海有个大项目，据说是沿海度假小镇那种旅游地产开发。规划投资在 500 亿元左右，可以多年滚动开发，经过测算项目收益也有大几百亿元。说到此，这位大哥目光如炬声音洪亮，说他跟当地市委秘书长是朋友，已经说好了让他来做这个项目。首期投资 100 亿元左右，70% 是银行贷款，自有资金大概 30 亿元就 OK。

我默默听着这几个数字，内心就有点不祥的预感，但已经坐下来了也不能走，那就听吧，同时安心地吃菜。我十分配合地问，你是想融这30亿元，还是找合作方来联合开发？

他激动地说，这么好的机会肯定不会与别人分了，我自己打算投这30亿元。但客观而言，这笔钱对我而言确实有难度，所以我需要通过资本市场做点短平快的套现生意。我听后虎躯一震，这很显然到了我擅长的领域，不过这30亿元要想从资本市场套现，谈何容易啊。

我问，您是不是有比较好的资产，希望能引荐上市公司收购，然后套现去干这个大生意？

"劳总您太聪明了，行家真是一点就透，我盘算要想获得巨量资金，不借助资本市场是不可能的。我想弄个游戏公司卖给上市公司，我看市场有过类似操作，几个亿利润的公司卖了几十个亿，换了股份不说，套现了近15亿元现金，我看着都跟着激动……"大哥手舞足蹈地说，像极了吃到必胜客的农村孩子。

原来您是做游戏的啊，现在想转行做房地产吗，这些领域都是暴利行业。游戏、资本市场和房地产这些词语都是大富豪的代名词啊。您游戏公司目前经营如何，有啥爆款产品吗，产品研发实力必须要强……我接着配合往下唠。

你听我说，我现在没有游戏公司，但是我希望能在有限投入的情况下，迅速孵化家游戏公司。这事首先必须要快，其次是只能成功不能失败。我已经找到非常强的团队，这支团队过往有很强的运营能力。前期投入不大，但产品出来后的宣发是关键。所以，我需要大概 3000 万元资金来做团队搭建和产品研发。

我听着这个泄气啊，这故事也太长了，从 500 亿元的豪华大地产项目，聊到游戏公司的启动资金 3000 万元，这大哥是讲段子呢吗。看着也不像啊，满脸的认真，唾沫星子飞溅，就差拉着我的手要结拜了。我说，这些环节理论上能实现，但真要操作是不可能的，成功概率太低、时间节奏也不匹配。

大哥若有所思地点头，但表示还是希望能试试。这次跟我吃饭，就是希望我能帮着他融资 3000 万元，我当时差点没喷了，原来这 3000 万元也没有啊。我心里暗骂："你连 3000 万元都没有就敢请我吃饭，谁给你这么大的胆子……"

大哥说，真要有钱也不找你啊，其实这 3000 万元也不难，想跟我探讨下，利用北京郊区某大型购物商场的经营收入作为底层资产，运作发个 ABS（资产证券化）产品融资 3000 万元。我听着都快笑出声了，我说大哥这个 ABS 不好发也不好卖，我建议你直接把商场卖了或者抵押就解决了。大哥沉思片刻，摇摇头说不行。

我问为啥，他回答说，商场是他哥们的，他只能借不能卖。我当时感觉胸口好痛，给了他最务实的建议："您先把单买了吧，一会儿饭店要打烊了……"

千万别给烂人机会

我曾经说过个观点，若面对不太熟悉的人提出的请求，当你婉拒，对方还各种不放弃时，必须要明确拒绝，而且要对这样的人小心，千万别给烂人机会。

举个例子，当事人名字隐去。

因为某次讲课认识了某证券公司营业部老总，老总对我比较客气，说想请我讲课。我问了大致情况，是给当地商业银行讲。我说这个对我而言没有太大价值，因为跟商业银行尤其是地方网点合作的可能性很小，而且还要专门飞去讲课，还是算了吧。

这哥们很执着，打了好几次电话，大体意思是这家商业银行对我很认可，跟他提过好多次想听听资本市场投行的业务开展等。言外之意，听众都是我的粉丝，翘首以盼。

其实，我知道他想通过我去跟银行搞好关系，可能会有产品销售或者资金等合作关系。总之，认为我讲课还行，想给银行送点人情，这是我的理解。

有点像啥呢，认识个技师感觉不错，推荐给自己哥们和客户，我相当于那个技师，当然得属于金牌系列的。

我感觉有点不好意思，对方也算个营业部负责人，每次电话都劳哥长劳哥短的。虽然不算熟悉，尽管对我确实没有啥意义，但是讲课这事也不算过分麻烦，推辞不过就答应了。对方自然很高兴，我就安排出差飞了过去，手舞足蹈地白话了整个下午。场面还行，支行领导还带头互动了挺久，气氛相当融洽。这哥们自然很开心，尤其是银行领导拍他肩膀说搞得不错，他的脸都笑成了一朵菊花。

我回到北京后，这哥们给我发了微信表示感谢，说这次讲课效果挺好，银行感觉收获很大，行长说这种培训应该多搞，让其他同事都参与下。他答应给其他三个城市的支行都安排一场，下次是该银行的某市支行，时间是下周六上午9点，后续三个周六都排好了，他说，不好意思还得劳哥出马。

我当时就惊了，我说你怎么能在未经与我商量的情况下就擅自做主呢，开什么玩笑？

他说，银行有这个要求，他也很难拒绝，都是重要客户。这也不怪人家，也是劳哥你给他们印象太好了，兄弟我冒失了，还请原谅，但我都答应人家了，这事无论如何你要帮我，否则我就没办法混了。然后说了下他们单位考核压力多大，他上有老下有小等，意思是你要是不帮我，我只能死了。

我说不行，电话就挂了。后来一个星期，这哥们天天给我打电话，每次都是各种哀求，最后我就不接他电话了，直到他安排的讲课日前一天，他还在不停地打，我也没理，心中自然有很多不快，但以为这事就这么过去了。

周六早上8点半我接到个陌生电话，里面有个小姑娘用甜美的声音问："劳老师，我是某银行的谁谁，您到讲课的会场了吗，我们听课的人都到齐了。"我立刻明白大约咋回事了，我说我还在北京，我没答应给你们讲课，不好意思。对方瞬间特别诧异，说刚才我电话确认了，您朋友说您还在路上，马上就到，还给了我您的电话号码。

此刻，我脑瓜子嗡嗡的。我说，我再重复下，我没答应过给你们讲课，谁跟你们安排的你找谁去，这事与我没有关系。

结束通话后，我拨了这位营业部老总的电话，提示已经关机了！

哥，海鲜呢？

我在大连出差见个客户，客户副总开车送我去机场，从后备厢搬下来个泡沫箱子，说大连没啥好东西，准备了点海鲜，不成敬意，还请笑纳。我表示了感谢，提着箱子离开，客户挥手告别，特意嘱咐海鲜需要托运。

别说，箱子不大，似乎还挺沉。

我盘算着到北京估计都晚上十点多了，最近家里老婆孩子都回姥姥家了，就剩下我孤家寡人了，这海鲜可咋弄啊。于是，我就给同学打个电话，让他来机场接我，他相当地不情愿，后来听说有海鲜，于是很快就答应了。

行程很短，飞机转眼就落地，我确认了托运行李转盘，找个旁边的座位开启了等待模式。这时候同学电话打过来了，他已经在停车场等我了，还开玩笑说家里水都煮开了，就等着豪华大海鲜到位了。

周围人纷纷从转盘上拿行李,我边玩手机边不停地张望,期盼着熟悉的泡沫箱能够出现,直到最终转盘停止了转动。我猛然站起身来,什么情况?!我托运的海鲜怎么没看到呢?我问了工作人员,人家让我去转盘旁边的房间认领。

我过去看了,依旧没有,内心充满了疑惑。

我去行李处理工作台跟工作人员交涉,说我托运的行李没有到达,可能是行李丢失了。戴眼镜的胖大姐态度很好,说先生放心,在七日内我们找到后会交还给您,请您安心地等待。

开什么国际玩笑啊?我那可是海鲜啊,七天后都臭了。胖大姐听了,建议报行李丢失,可以按照合理价格赔偿,箱子里都是什么啊,大概值多少钱?她拿出了登记表准备登记。

我瞬间没了主意,我说是别人给的海鲜,我拿到时候已经封口了,所以……大姐说海鲜价格的差异大了去了,要是海参那可挺贵的,要是海带呢,就不值钱,谁送你的,问问啊,活人还能让尿憋死吗?

我想对啊,客户送的肯定知道。

于是乎,我给客户打了电话,非常感谢送了我海鲜啊。那啥,我想问问泡沫箱子里都有啥东西啊,你花了多少钱呢,跟我说下。对方听了后说话声音提高了八度,哎呀劳总，就是点海鲜，一点小心意，不值钱，不值钱！

完了，整误会了。

我又解释了下，海鲜托运到北京后找不到了。对方说明白了，我这再安排箱给您发过去，您把地址发给我。我急得直跳脚，直接说机场在办理理赔，需要确认具体海鲜品种和大概价值。

对方这才恍然大悟，在电话那头都笑出了声。说主要是海虾和扇贝，还有俩螃蟹，噢，对了，还有条挺大的鲅鱼。他说，本来他老婆让他买条鲅鱼回家包饺子的，结果卖海鲜的都给打包到箱子里了。他瞬间感慨，我那条可怜的鲅鱼，死得屈啊！

得到了价格后，我很快填好了表，准备往出走时同学电话又来了。

哎呀，差点把他给忘了。我来到停车场开门上车，同学下车打开后备厢，从我手里接过行李箱，然后又打开车门用手挡着车门上沿，给了我最高的接待礼仪。我臊眉耷眼地爬到了后座上，开始闭上眼睛装睡。同学系好安全带，转过头来满脸期待地问：

"那啥，哥，我的海鲜呢？"

跟谁俩呢?

几年前,有人推荐了个微信加我,对方注明是某股份制银行的某某。通过后直接跟我说,劳总,久闻大名,最近有没有时间,我们主管并购的副行长想带队做下业务交流。目前资本市场尤其是并购这块是我们的业务发力重点,您在业内也是响当当的头牌,所以希望能有机会做业务交流,探讨后续合作的可能。

说实话,我内心挺反感这些务虚的事,有项目说项目,没项目见面嘘寒问暖的,有点浪费时间。不过我也理解,对于很多商业银行而言,各种拜访和讨论开会就是行长们的常规工作。但对我而言没有啥实际意义。

我说算了吧,有具体项目再说吧!

面对拒绝,小姑娘挺执着,吧啦吧啦说了好些,最后说这事是领导交待的任务等。然后她又给我戴了高帽，说预想到了像我这样咖位的人肯定不好约，但她领了这个任务也希望能够完成。不然在领导面前确实挺难做的，这年头作为下属都不怎么好混，等等。听到小姑娘说到难处，关键是给我这高帽戴得挺受用，我感觉有点被架到那了，要是不答应好像就是摆架子、难为人家似的。

我说我考虑下，看看最近的时间。

我的表态基本上算答应了，小姑娘听了后挺开心，说时间最好能下周。我排了排，给出了个明确的时间。对方稍后回复说不行，行长时间冲突了能否调整下。我又说了另外的时间，后来还是不行。这样来回碰了好几次才勉强碰上，实际上最终是按照对方的时间来确定的，我协调更改了内部某个项目讨论会。我想呢，既然答应了那就尽可能协调下，早见早完也早省心。

我说，我定了公司的会议室，到时直接过来就 OK。

小姑娘后来给我打电话说，能否在他们单位见，顺便也让我参观下他们的新办公室。最主要是行长前后都排满了会议，另外也希望其他部门很多人都能跟我交流，这些人全部过来不太容易。所以呢，还是希望能够辛苦我下，话说得特别客气。

说实话，我感觉有些不太舒服。费这么大劲约人做交流，最后还必须在家里坐着等着。我有点打退堂鼓，本来也不怎么想去。

后来，小姑娘又打过来几个电话，说他们那边都安排好了，大家都很期待地迎接劳总的到来。还问我是否需要车过来接，我们这过去要几个人等。我确实有点不好意思说不，听了她说的地址确实也不算太远。我这成就别人的想法再次涌现，说，好吧，我自己过去，就一脚油远不用啥车接，我扫个共享单车就可以了。

我按照事先约定时间到达，微信给对方提示说我到了。

对方回微信说抱歉，他们行长上个会议还没结束，希望我能稍微等下，稍后她会下来接我。我说没事，我在下面等会儿，你们啥时候会议结束了告诉我下，我就上去。正好楼下有星巴克，我就过去点了点喝的，在那打电话、刷手机等候被召见。

半个小时过去了，没有动静。我又问了下，会议还在继续，又过了十分钟，会议还没结束。

我内心充满了不爽和愤怒。我起身就走了，在门口又扫了辆共享单车回办公室。路上还是有点冷的，风不小，把我的头发都吹得凌乱。回到办公室坐下，心情还是有点不能平静，内心这个生气啊，把我吹得乌丢乌丢的，然后摔得吧唧吧唧的。

又过了半个小时，小姑娘打来电话问劳总您还在吗，我们行长会开完了，大家都在恭候您呢，我这就下去接您上来，您还在星巴克吗。我说我已经走了。小姑娘有点无奈，也有点失落，边道歉边哀求说劳总您能回来吗，我们行长还有这么多人等着您呢。您要是不来估计我要被骂死了，弄不好要被炒鱿鱼了，言语中甚至带着些哭腔。

我默默挂掉电话，跟谁俩呢。

成年人如何与父母相处？

每个人未必有子女，但肯定有父母。如何与父母相处也是件挺重要的事情。有句话叫作百善孝当先，大概意思就是对父母要孝顺。当然孝顺是大前提，但其实也需要思考的就是孝顺的方式和尺度。

有人说，孝顺就是要顺从父母意思；也有人说，孝顺就要让父母享福，给他们很好的生活。其实，无论是对父母还是他人，善待的最佳方式是，按照他们想要的方式对待他们。所以，与父母相处有几个基本点：安心、自由、小虚荣与理性取舍。

父母对子女的爱是忘我的，在父母眼中子女是比自己还重要的人。所以，善待父母的最佳方式就是要爱自己，能够很好地照顾好自己，让他们安心。所以，在善待父母这点上，有点私心才是真的无私。为了照顾父母而让自己受苦，看似孝顺能够赢得别人称赞，其实对父母而言，多半都是煎熬。

一句话，能够爱自己，才有能力爱他人！

真正的孝顺是让父母舒服，而不是做给别人看。比如，如果父母不习惯城市的生活就不要强求，不要让父母名义在大城市享福，其实好比坐牢。其实，在村里或者小县城父母熟悉的环境中，生活依然也可以安排得很好，让他们住好点，用好点，穿好点。平时还有左邻右舍亲戚聊天解闷，尤其是在这种环境中，父母有机会保持心里的优越感，能够以子女为荣，何尝不是种乐趣？

另外，父母都需要小虚荣的，不仅要里子也要面子。比如，每次回家时，父母都会当着亲戚面儿问，工资现在多少了？这次坐飞机回来的吗？最近出国了没有？要知道他们这些话题的用意，别不耐烦，找对象的时候花言巧语都挺厉害的，面对父母稍有耐心就能有不错的效果。回家经常给钱，千万别转账，就要钞票扔来扔去又数又存的感觉，过瘾啊！

当然，孝顺也需要理性地取舍。比如，父母有很多过时不正确的观点，多听多点头就 OK 了，但具体是否照办就看具体情况了。时代在发展，父母用生命积累的经验有些值得借鉴，但需要取其精华去其糟粕。比如，即使把父母安排在自己身边，也最好别在同一屋檐下，要知道，子女的归宿都是在远方，距离才能产生美。另外，要平衡好老家和小家的关系，当出现矛盾和冲突时，坚决以小家为重。

我爹说了，只有与媳妇一条心，日子才能过得好，大概就是这个意思。

情人节的激情碰撞

雪后的情人节,我驾驶在上班的路上,融雪造成路面有些滑,车辆都在小心翼翼地爬行,情人节的空气中都弥漫着爱情的味道。我被堵在路上,略有无聊,对于中年已婚男人而言,情人节不奢求啥浪漫,只求别被埋怨就行。

要求真不高,但是想没有啥表示就过去呢,也不太说得过去。

通常而言,最佳的方式就是做个有点数额的转账,然后再附上点肉麻留言,这就勉强能够交差了,想得到好评那是不可能的。真正的好评需要几个条件:贵,用心,惊喜!其实内心也清楚这些,但是呢,这该死的情人节每年都有,还真有点麻烦!

想到这,赶紧把手机拿出来,有点手忙脚乱的,赶紧把规定动作做了,主要是担心到单位别给忙忘了,那就是原则问题了。内心还戏谑自己呢,看来这个情人节没有啥激情碰撞的可能,连点额外的花费都没有。这就是多数中年男人的生活啊,哈!

嘀,转账成功!忘了写祝福语了,刚才想到个肉麻的词,转眼却忘记了……只顾低头摆弄手机了,当抬头看路时,感觉前面的车屁股近在咫尺,虽然车速不快但还是因为没有及时刹车就贴了过去。

"咣当!"把前面车给追尾了!

按照通常小说里面的描写,对方应该是辆红色的跑车,然后下来个摩登女郎,金发碧眼戴着墨镜,下车就用标准的伦敦腔喊道:"Shit! What happened?"

事实上,我追尾的是辆老旧的金杯,车身的漆已经伤痕累累而且全都是灰尘。在北京这种车还有个通俗的名称——厢式货车!我虽然车技不咋地但是也很久没有发生交通事故了,瞬间感觉有点蒙,赶紧打开双闪下车查看,看到对方车的后保险杠已经瘪进去了,自己车前面的车牌子已经掉了,前脸已经满是刮痕。

对方车上下来了位师傅,问咋回事啊兄弟!然后又下来个老头,龇牙咧嘴地手扶着腰,满脸的痛苦表情,让我瞬间有点不知所措。

我说,抱歉啊,接个电话走神了,我全责!

简单拍照后,双方把车挪到路边,我努力回忆之前交通事故的处理流程。好像是要给保险公司打电话，要不要叫交警呢，是不是私了也行。自己车上的啥保险都不知道，在这个瞬间还真像老婆说的那样，生活严重不能自理。我想还是简单点吧，公司还等着我开会！

"这样啊，师傅，您加我个微信，您修车后告诉我多少钱，或者您大概问下需要多少钱，我赔给您，看您方便……"我给出了很诚恳的提议。

师傅说，刚才他问了下修理厂。类似情况修理大概需要1500元，要是能接受这个数字他就直接修车了，否则就要走保险，那样会麻烦很多……我说没问题，微信上转了1700元过去，多给200元算误工费。师傅挺开心，临走还跟我握了下手，我注意到师傅的微信名叫坦诚老六！

刚才还感慨呢，情人节没啥激情碰撞，也没啥花费，这事情真禁不住念叨。这下可好，碰撞也有了，花费也如愿以偿了。这时微信界面看到老婆也收了转账，估计还不知道在这期间我是如何完成这么刺激的碰撞的，而且还是付费的。

老婆此时来电，我在电话中如实汇报，原本期盼着啥破财免灾之类的安慰，结果老婆沉默了下就问了句：

有这么巧的事？

相亲往事

想当年我还是个未婚青年,但因为在金融圈混,自己在北京又买了不小的房子,还开着不错的车。怎么说呢,除了形象稍微有点客气外,不说是啥翘楚,那绝对也是相亲市场不可以被忽视的一股子力量。引得各种嫂子大娘那个积极啊,好像如果我花落旁人,就是她们人生最大的失误和失职,于是乎她们之间展开了一场别开生面的介绍对象大赛。

后来呢,有个嫂子给我介绍了个幼儿园的老师,上班地点就是她孩子所在的幼儿园,因为接送孩子经常接触,所以就比较熟悉。据说条件很不错,是北京人,有四合院的那种,未来拆迁大户,应该嗷嗷有钱。这还不是最牛的,最牛的是以后要是结婚生小孩,孩子从幼儿园到高中学校问题都不用操心,因为对口的都是很好的学校。但姑娘有个特别之处,就是全家都吃素,且对未来老公也有这个要求,特意声明在先。

我跟媒人说可能有点难,我考虑下再说。

其实呢,这些问题都不是重点,我特别好奇这姑娘到底好看吗?介绍人给她好顿赞美,那种称赞和标榜,像极了我们介绍并购标的给金主时候的语言风格,总之过了这村就没有了这店,这个姑娘婀娜多姿、貌美如花,浑身都散发着香味,让人垂涎三尺魂牵梦绕……

我立刻来了精神,大声说可以,我去看看,别的咱都不图,重点还是为了给孩子个美好未来。我语气非常地坚决,身上荷尔蒙各种乱蹦……其实,我内心也有些犹豫,毕竟真要是跟她成就了婚姻,可能我此生就要告别心爱的鸡鸭鱼肉了。但是听描述这么漂亮,想想人生终究要有所取舍。找到漂亮老婆,荤菜没准也可以偷偷吃,娶到难看媳妇,天天肥肠大肘子挂脖子上又如何呢?更何况,为了孩子,做点牺牲也是应该的……

于是乎,我就要了电话,约了周末在王府井见面。一是离这姑娘近些,另外,王府井附近比较繁华,这姑娘只吃素我也是费了些心思,吃比萨总是可以了。另外,必胜客在我这农村孩子心目中,那就是豪华高档西餐的代名词,是活泼时尚还有档次的地方。

这么说吧,我那时候还是个积极周到的男孩子。

这个姑娘迟到了一会,我也没太在意,女孩矜持也相当正常。然后,电话里面女孩跟我讲,她带了高中同学过来,估计是担心两个人会闷。我想这相亲还组团来啊,你说要是我被你高中同学相中了,那多麻烦啊。我心里有种隐隐的担心,不过她们来了后,我终于放下了内心的忐忑。她同学比我还壮,那汗毛比我都重呢……

开始点餐了,这个姑娘拿过菜单,一口气点了不少,各种比萨整了一桌子,我记得结账时候是390元。反正我记得没咋吃完,剩了不少。席间我忘记都聊啥了,反正这姑娘应该是学历不高,平时都跟小朋友在一起,确实比较简单。样子呢其实还可以,肤色挺白,至于五官啥情况呢,随着时间的流逝逐渐已经模糊了。

吃完饭了,时间还早。

姑娘建议去逛街,这个我确实不太擅长,但是也没有拒绝。就这样三个人在商场里面好顿逛,两个小姑娘嘻嘻哈哈的,我在边上话不多也有点无聊,到底帮着付款没有记不得了。

后来就告别了,我回来自己复盘了下,没啥特别的感觉。全程都在礼貌地应对,内心也没有预先的那种渴望。女孩迟到和带来高中同学,点餐略有豪放,席间的谈吐等,我感觉总体而言印象不能说差,但是确实没啥亮点。我想也就算了,这样时间又过了几个月。

后来介绍人问,那个女孩你后来联系了吗,我每次送孩子，人家还打听你呢。她对你印象挺好，还开玩笑说你也不找人家，你得主动点啊。我说最近比较忙啊，介绍人瞟了我一眼，说你请人看场电影吧，电影院环境好还方便。我心领神会说，好的收到明白！

我想了下，毕竟人家是老师，确实也不能过于慢待，再说了，没准接触下能感觉出来好，万一咔咔来电呢。

然后，我就打电话约女孩看电影，那时候还没有网络买票这一说，是到了电影院才买。我当时筹划想找个恐怖片，结果当时没有啥恐怖电影，有点惊悚的就是《金刚》了，于是就下决心看这部了。想到跟女孩约电影，内心再次泛起小小涟漪，根据经验买了最后一排……

到了电影院后，没有多久女孩来了，一身白色长裙确实挺婀娜，我心想这次高中同学没来。内心得意呢，突然发现她身后闪出个大姐，身材高挑，略有驼背，满脸的雀斑。然后她介绍说，这是我表姐。我腼腆地点头示意，大表姐向我微笑，板牙颜色跟焗过似的，然后我很主动地去买票。

这时候，姑娘跟我说买三张吧，表姐也一起看……

我当时内心咯噔下，心想看电影这么私密温馨的事，你个满脸雀斑的大表姐跟着瞎掺和啥啊。要是看完电影压马路还跟着不，要是以后洞房花烛也跟着吗，大姐你咋这么热心呢？

但是我没有表现出来，面带微笑买了三张电影票、三盒爆米花,气势磅礴地带着俩大妞去看电影。我和姑娘坐两边,中间隔着大表姐,全程无话。这俩姑娘看得津津有味,说实话,金刚的狂躁与怒吼都没掀起我内心的丁点波澜,我好像是睡着了。

后来看完我就回家了,我记得当时电影票好像是90元,虽然不贵,三张也就270元。但是我感觉这个过程比较蹊跷。这哪是相亲啊,跟新春团拜会似的。总之,特别别扭,就算全国民族大团结,也不能总这样啊。

时隔今日,当我小孩上学面临择校,各种求人难受得唉声叹气时,我也会偶尔心中闪现出这个女孩的身影,也曾回忆当年,做下各种假设。不过呢,当我在啃猪蹄吃肥肠的时候,内心又有点小小确幸。肉确实挺香,另外好学校有啥用啊,上的又不是我,跟谁俩呢,切!

零分

有位朋友微信上说,有人想收购上市公司,大概啥行业啥市值且能够迁址,希望这个业务我能够来做。我说这个要了解下情况,他说可以,想了解啥呢?

我说我想见下收购人,要了解几点:1.收购人为啥要收购,是否想得很清楚,还是吹牛凑热闹;2.收购人是否有足够的支付能力,别谈得挺热闹,最后告诉我,钱不是问题,问题是没钱;3.收购人对后续的资本运作和资产注入等是否有比较成熟的想法,对这事到底有没有基本概念与认知;4.收购人知道他找的中介的行业地位吗,有没有特别的信任。

对方说,这事这么复杂呢。我以为有人要买,你这咔咔对应的交易机会就提供过来了,然后就开始见面谈判成交，最后咔咔数钱呢。然后呢，中介费用里面还应该有我一份呢。

我说，并购撮合不是这种玩法。我说直白点，听见有人要买，我立马就开始干活，那我得不靠谱到啥程度啊。

对方笑了说也是，但是劳哥你放心，这个人找我不会有啥大问题，要是忽悠你我也不答应。所以，有我把关你就放心干吧。

我说不可以。

对方说，怎么连我都不放心吗，咱这关系我还能骗你？我说眼见为实，我做职业撮合交易的不能为不确定的事情做信用背书。另外我不是怀疑你主观上会欺骗我，我担心你对这事没有判断，客观上不具备对交易机会的识别能力。

对方说，这样，我给你引荐下，你们先见见，先开个视频会。然后呢，他给我发了个简要介绍材料。我看了下，是家财务顾问公司，就是那种区域性的"野鸡"机构。注明自己是并购精品投行，但创始人年纪挺大，担任啥区政府多家企业改制顾问，为某些企业贷款、发债和股权激励提供过咨询服务啥的。这么说吧，介绍材料上有着浓厚的乡镇金融机构的色彩。

我说不见！对方问为啥，给个面子呗，我把你好顿吹，就当帮我个忙。我说不行，这不是帮忙，是害你，浪费时间，也会消耗你的信用。

我继续解释说，这不是啥专业机构，另外他们也是中介，连收购人都不是。我虽然自己是中介机构，但我几乎不跟中介机构打交道，链条太长没有意义。

对方继续解释，说这个机构受甲城市区国资平台委托物色合适的上市公司控制权，另外正帮助乙城市政府组建产业基金，基金设立后也准备收购上市公司。他们资源有限，所以找你们帮忙，希望能优势互补。

我说我们的机会成本很高，会找比较靠谱的交易撮合机会。举个例子，前阶段有家500强企业找过来，老板亲自见面沟通的，基于对我们的认可，想让我们收购家A股上市公司，目前能动用的资金在20亿元左右。集团资产利润接近40亿元，让我们同时进场尽调，盘下后续可注入的资产。

看到了吗，这才是靠谱的交易机会，特点是沟通直接、有支付能力、有资产、有决策能力，更重要的是有对我们的基础信任。你这个政府财务顾问啥也没有，就是个中间攒局的，我们要是介入了，他还指不定在政府面前怎么吹牛呢，诸如我靠个人资源协调了华泰证券……我们确实犯不上啊。

我们机会成本高，无论交易是否能成先要保证不能掉链子。所以，我们启动交易撮合的事，没有满分十分也得有七八分把握才可以，概率太低去投机，伤害实在很大的。

朋友问，对比起来，我这个机会确实有点缥缈，我好奇，按照你的评分体系我这个机会有多少分？

零分，我回答！

零缺四

有位大哥慕名找到我们，开门见山地说想买壳，我呢，自然热情接待，唠得相当热乎。大哥特别豪迈，说先给整仨，我听着都乐出声了，我说大哥你搞收藏吗，上来就要买仨？大哥说，干就往大了干，我动之以情晓之以理，好顿劝，最后同意了先买一个。

我就解释了下，说现在壳公司都希望能够找到最优质的资产，要是现金买控股权，必须要给溢价才行，大概的行情差不多需要 6—8 亿元现金。我小心翼翼地问，你们……有钱吗？大哥很不屑地告诉我，你放心吧，不差钱。我们本身就是做投资的，只要有好的壳分分钟就能募集几十亿元来，你们干就完了。

我听说还要募资，心里略有担心，建议他先把资金募集了,这样谈才能稳妥。总之,要先有钱然后才能有壳。大哥说,你壳都没有我咋募资啊,必须得先有壳,然后才能有钱。我说先有钱,他说先有壳,争论半天互不相让。我有点泄气,提议搁置争议往下讨论……

我又开始灵魂发问,你们买壳用来做啥?

大哥依旧豪迈,说要借助资本平台做大健康行业的整合,最近满世界飞,找到很多好东西。就是因为没有上市平台,没办法证券化退出,所以这些优质的资产也没办法去收购。若有了上市公司平台那就是如虎添翼,未来千亿市值不是梦。大哥的声音在空旷的会议室里都有回声了……不是梦啊,不是梦!

我又说,收购优质资产也需要很多钱……

大哥有点不高兴了,说劳总你怎么总提钱啊,看我这一身像缺钱的人吗,浑身上下都名牌……如果我们有了上市公司平台,境外那些优质资产收购就跟捡豆子似的。现在因为没有退出平台,没办法组建专门收购境外资产的并购基金,所以没办法把资产掌握在自己手里。这么宏伟的蓝图,目前都卡在买壳这儿,得平台者得天下……

我说,你们想募集资金收购壳,然后募集资金收购优质资产,最终实现注入滚动式发展,实现全球资源的配置和千亿市值战略,对吗?大哥深沉地点了下头,掏出个烟斗吧嗒地抽着,还不时地吐着小烟圈,眯着小眼睛自信地审视着周围的一切……

"那你们现在……有啥呢？"我再次发问，大哥沉默不语。

"资本运作四个核心要素：平台、资产、操盘能力和资金，你们哪样都没有，你们只有梦想，我问个问题，如果我能帮你实现这个梦想，我为啥不做呢？上面四个要素就好像打麻将的四个人，如果三缺一很容易成局，二缺二呢也有希望。"

"你的意思……我们是一缺三？"大哥直起身来，好奇地问。"不是，你们是零缺四，我是那个一……"大哥被我说得有点失望，口气没有那么坚定地呢喃着说："这事我构思了很久，我认为是个逻辑闭环……"

"不是逻辑闭环，是你自己画了张饼，然后自己信了……"我说完，很认真地看了下表，大哥没啥反应，我又抬起胳膊看了眼表。大哥似乎明白了，凑过来温柔地说：

"劳总，你表啥牌子的……"

前车之鉴

大概是在 2010 年左右，那时候的我痴迷于弹弓，经常周末就约几个弓友去郊区撒野。我虽然技术平平但资历较深，且经常总结关于弹弓技术的理论，在圈里还算小有名气。这么说吧，那时我在北京弹弓圈的地位，应该是比在投行圈不知道要高到哪里去了。到啥程度呢，我当时还收了俩徒弟，天天师父师父叫着我。

我们经常玩耍的地方是位于延庆的一片荒草地。当时啥情况呢，我心爱的徒弟开着那种改装的 Jeep 大切诺基，属于相当之拉风豪横，就是可以征服一切路面那种，嗷嗷给力，剽悍无比。但是有句话，淹死会水的，打死犟嘴的，就是因为车条件太好了，一般的啥小坑小沟都不在话下，开就完了，必须全部拿下，有种天涯任我闯的豪迈。

所以呢，只要是陷车必然就是大坑。

有玩户外越野车经历，应该会有概念，对于陷车而言，不怕坑不怕水最怕是淤泥。尤其是每年春暖花开的季节，很多草地看不出有水，但是草地表面有冰雪融化成泥，但是下面还有层冻土冻得老硬。这种情形非常可怕，因为车一旦陷入进去，随着车轮卷起来的泥越来越多，会越挠越深最终轮子悬空，整台车死死地趴在泥地里。那种大面积黏合形成的胶着，需要巨大无比的力量才能拖得出来。

我记得当时陷车时，天色已经快黑了，车开足了马力，嗷嗷乱叫直冒黑烟，但是眼瞅着越陷越深。我们知道坏菜了，必须要寻求帮助了。可是那是荒郊野外啊，但也没有办法，于是我们徒步几公里到村里面，敲开了一家农户的大门。

延庆人民确实挺热心朴实的，开门大爷听说了后，二话没说突突地摇着农用柴油三轮车，把绳子往车上一扔，叼着根小烟卷就出发了。我们几个站在三轮车斗上给指路，说救援成功给大爷200元钱，大爷没说啥说先干活，这点小事不在话下，言语间充满了自信和洒脱。

结果呢，大爷过去好顿努力，不但我们的车纹丝不动，大爷的三轮车也陷进去了。大爷从三轮上拿下把铁锹好顿挖，也没用，自信的表情逐渐消失了，头上开始冒汗。我安慰大爷说别着急，救援成功了再多给点。大爷说啥多给少给，我自己都浑身是血呢，哪里还顾得上给别人疗伤！

后来，大爷打电话给自己姑爷求助，大概过了半个多小时，来了辆那种大型的重卡。我们感觉这下没问题了，这个大家伙真是嗷嗷有劲的。这时候，不知道从哪里来了几个看热闹群众，各种交头接耳围着议论纷纷。

重卡真不含糊，先把大爷的三轮拉了出来，大爷说声拜拜开心地走了。然后重卡也准备要走，我们立马抱大腿哀求，大哥你不能见死不救啊，你走了我们这咋办啊。又是递烟又是说好话，这大哥犹豫了下说可以，但是得需要1000元报酬，我们咬咬牙说没问题，你就开干吧。

结果呢，重卡没把车拉出来，重蹈覆辙也陷进去了。司机大哥这个埋怨我们啊，恨不得扇自己几个耳光。为了1000元把自己这么大的车也搭进去了，后来这大哥电话叫来了另外的车友，也是台重卡。来了费了半天劲，总算把自己的车给拖出去了。

于是乎呢，我们提议，你们两台车应该携手，帮我们把大切诺基救出来，你们来都来了，就这么走了也太不讲究了。因为有前车之鉴，任凭我们怎么说，这俩大哥头摇得跟拨浪鼓似的，跳上车就消失在北京郊区的茫茫夜色中。

我们几个人，心情这个懊恼绝望啊。这北京远郊区离家有100多公里，前不着村后不着店的。这可怎么办呢，我大胆地提出了个建议，要不然大家打车回家把车扔这吧，等过几个星期春天彻底来了，地皮都被吹干了咱再回来取。但是我徒弟也就是车主坚决不干，说师傅你这算啥主意啊，你这是自己图省事,把徒弟我给豁出去了。

当时已经接近晚上10点了,气温也降到零下了。我们几个真是"默默无语两眼泪,耳边响起驼铃声"啊。到处打电话寻求帮助,就差要打119和市长热线了。后来有个哥们打电话说联系了台挖掘机,跟坦克差不多,带着履带的那种。我们等了挺久,挖掘机终于轰隆轰隆地来了,最后真还可以,费了牛劲把车给拖了出来。

那个场面我记得很清晰,几乎看不到车轮转动,几乎生生从泥里把车给拔出来了。就好像是从田里拔萝卜差不多。我们几乎含泪欢呼、相拥而泣,最后把身上所有的现金都拿出给挖掘机师傅了,记得好像有几千块钱。

当时车从泥里被拉出来那叫个惨,只能看到泥看不到车。改装车在自救的时候,车轮带起的泥几乎把车身都涂满了,车身上下被厚厚地裹了一层,而且都干了成了泥壳子。不夸张说,哪是切诺基啊,简直就是裹着泥被烤干的叫花鸡。

我们启程回北京城里,车在高速路上也开不快,带着厚厚的泥壳也就不到50迈的速度。路上真是道亮丽的风景线啊,引来无数车辆侧目。我们也顾不得啥形象了,耗时接近2个小时开到了天通苑,准备找地方先洗车。

洗车小伙看下说至少80元,我们说可以。顷刻老板娘进来说80元不行,少200元这活不接,我们说行。用了1个多小时,先浇水把干硬泥壳都润湿润透,然后再拿木棍慢慢往下撅，真是个力气活啊，几个小伙子累得满头大汗。

结账时傻眼了，身上都没钱了！

好在洗车店老板娘跟我徒弟认识，说明情况后承诺第二天再给钱，这事总算解决了。我们突然发现还没吃晚饭呢。我们想从洗车伙计那借点钱吃饭，被他微笑着婉拒了。我们感觉很是郁闷，肚子开始咕咕叫啊。俗话说，老天爷饿不死瞎家雀儿，徒弟在车的手抠里面找啊找，找到了足足有10块钱呢。

天啊，有钱吃饭了啊。

我们于是敲开了旁边小吃部的大门，丢给老板10块钱，说想吃饭。老板乐了，说10块钱能吃啥啊，这时候突然闪出来四个人，老板吓得一蹦，啥，还是四个人，有没有搞错。我们把遭遇说了下，老板同情心上来了，说原来这样啊，没问题，肯定让你们吃饱。

那天半夜，我们四个大男人，围着大盆的米饭，一盘炒土豆丝和一盆咸萝卜，吃得确实挺香。最后，老板还给做了份西红柿鸡蛋汤，我们喝得直冒热汗。虽然没有酒，也没耽误我们说仗义话，把刚才准备弃车的事都忘了，俨然都是患难的生死弟兄。席间，大家又开始计划和憧憬下次郊区之旅，言语间又充满了豪迈。

然后呢，下个星期我们又去了，一路依然欢声笑语，在相同的地点，车又陷了……

我遭遇的那些尴尬

微信里，有朋友引荐了个重要客户，对方很客气地说久闻大名。我本来想打字"初次见面幸会啊"，但是一激动打成了"初次见面幸会吧"，对方回复说"是的是的，十分幸会"，场面一度陷入沉默。

手写输入法有时会闹笑话，尤其开车或者着急时，比如约监管部门领导汇报项目，领导说没时间，下周再安排吧，本想温柔地回复"好的"，结果不小心回成了"妈的"！

客户约喝茶聊个项目，本想回复"好的"，结果不小心打成了"好饿"，关键是自己也没注意。过了挺久，客户回复，不好意思我晚饭约出去了，茶馆好像有便餐，面条水饺啥的。

出差客户来接站，出站见面后对方热情伸手，我立马配合把背包递过去，对方略有停顿但还是接过来背上了。后来一聊才知道是老板亲自来了，估计刚才人家是想握手，唉，大意了！

为方便记忆，手机联系人偶尔用简称，比如张外卖、李国资或陈杭州等。有次跟一个珠海周姓客户通话完，存号码时误操作成了发短信，估计把对方整蒙圈了，回复问周珠海是什么意思？我只好圆场说，想问下这周您在珠海不，打算当面拜访下……

跟客户约了同班飞机出差，原本想一路上谈笑风生啥的，上飞机发微信问客户：我在66H过来不？客户说，我在2A过不去……

平时见人多且有轻微脸盲，有时不免有小尴尬，经常会在递名片时恭敬地说请多关照，对方笑说劳哥咱们见过。然后我装作恍然大悟的神态，对对，原来是你啊，换了身衣服都认不出来了！

机场面馆吃面时着急充电，于是拔了脚下的插头，有小姑娘满头大汗地赶来说，哥，那是哈根达斯冰柜的插头。吃完后用微信付钱，扫了几下都没成功，收费小妹说，先生，您这好像是加好友的二维码……

老婆孩子出去玩了，我以前没用过洗衣机，研究了半天，小心翼翼地放了衣服进去，又像模像样地倒了洗衣液，潇洒地按了启动键就出去浪去了。半夜回来收衣服，吹着口哨貌似熟练地把衣服都挂起来，心想全自动洗衣机就是

我遭遇的那些尴尬

牛，衣服居然都甩干了，挂到最后感觉有点不太对劲，抓起袜子闻了下，原来根本就没洗成。我坐在沙发上陷入了沉思，怎么说呢，还是敏感和习惯性机智救了我。

参加某 TMT（数字新媒体）产业领域的高峰论坛，我跟同事都西装革履风度翩翩，发现全场除了我俩外，只有酒店服务生和保安穿正装，搞得我们好没有自信。后来出来门口待会儿，背手挺胸做英姿飒爽状，有好几个人过来问洗手间怎么走……

哎呀，大意了！

某次出差，初次拜访新客户，相谈甚欢，饭后客户安排司机送我去高铁站，一行人等与我双手紧握不舍告别，同时公司副总把两个手提袋交给司机放车副驾驶上。

我跷着二郎腿昏昏欲睡，很快就到了高铁站。

车门自动开启，我坐在位置上纹丝不动，司机师傅说，劳总，到了。我缓慢起身，边取行李箱边装作不经意地问，哎，我说师傅，那俩纸袋子……是给我的吧？

师傅无辜地眨了眨眼说，不是！

哎呀，大意了！在候车时琢磨着自己也笑了，这是挺好的段子素材，于是发朋友圈描述了经过，并做了深度的剖析和调侃。万万没想到啊，被刚加微信的客户看见了，客户安排办公室主任专门打来电话。

主题就俩字：道歉！

办公室主任说了好多对不起，说袋子里确实是给我准备的小礼物，是司机工作失职疏忽了。劳总您给我个地址，我安排邮寄给您，请您多多海涵！场面要多尴尬有多尴尬。

其实在那个瞬间我大概明白了，我不相信是司机的疏忽，估计是为了避免我心胸狭窄怀恨在心，故此才来圆这个事。我这啥形象啊，没给准备小礼物，下车还要上了，不给就发朋友圈讨伐，为达目的不择手段，也算资本江湖的著名狠人儿啊！

那一刻，为了缓解弥漫在空气中的那些尴尬，我很无奈地用力解释，说，大哥我是开玩笑的，就是简单调侃下，并非真的在意，这不算啥大事。逗你们玩呢，千万别当真！

对方很认真，坚持要我地址说给邮寄，说老板有交代，他必须照办，否则他确实很难交代。我想想也是，推辞不过便给了地址。然后呢，我发微信给客户表达谢意，对方连说失礼。

经过这番折腾，说实话我对纸袋中到底是啥东西，还真产生了点好奇，想想到了就能知道了，对于即将到来的快递，甚至有点拆盲盒的期待感。

几个月过去了，快递也没来……

别跟我兜圈子

某天,同事小朋友给我发微信,说劳哥有个事跟你说下,我们项目现场客户这财务部经理,他说想请你讲个课,不知道是否方便。我说没啥不方便的,既然是客户该维系要维系,把我微信推给他吧,让他直接找我。顷刻,微信上就有人加我,提示语大概意思是:劳总,有重要大项目要与您合作……

我当时有点诧异,不是讲课吗,怎么说有项目合作。难道是系列讲课被称为项目吗,或者是巧合,说讲课的并不是这个人。我内心充满了疑惑,于是就将微信申请页面截图发给项目组小朋友,小朋友回复说,没错,就是这个人。

其实,在那刻我内心就有点别扭。他找我或者讲课或者说项目，都没有必要跟小朋友说讲课，然后找我又说有项目。我初步判断，这哥们要么是平时没有啥准话，要么就是没啥要紧的事，可能就是单纯想接触我，我内心略有抵触，也略有好奇。

我还是通过了他的好友申请，想知道他找我到底有啥事。

微信上，他很客气，说了几句恭维的话，然后跟我说，有单借壳的项目希望能跟我合作。我说你们不是已经在操作借壳了吗，我们项目人员都在现场干活呢。这单也没有结束，怎么就又有啥借壳项目，你们难道集邮吗？

他解释说，他最近离职了，去了另外一家企业担任资本运营部副总，目前刚报到十来天。企业挖他过来就是专门帮助企业资本运营的，核心的想法就是想在A股买壳然后注入优质资产。用他自己话来说，是老板给了他尚方宝剑全权负责这事，这会正在面试遴选券商，希望能有机会跟我合作。

我说，这样吧，你们大概准备多少资金，老板对这事态度是否明确，后续注入资产大概是啥。我们也好有个初步判断。对了，你新东家是哪个企业，我先让小朋友查下背景资料。他说这事涉及机密，必须要当面来谈，电话里面说不清楚，希望能够尽快见面。

我说下周初应该可以，但我公司会议排得有点紧，周一上午和周二下午三点后都 OK，我叫上有经验的同事咱们开个会，有个初步的判断。对方迟疑了下说，他们在东三环办公，是否可以到他们办公室聊聊，顺便再引荐他们财务总监给我认识。

我说时间安排不开，等方便时候再约吧，我于是就挂断了电话。

其实，这个时候我内心已经给这哥们定性了。他大概职级不高，人也不是特别靠谱，喜欢耍点小聪明。到新单位呢，担心自己打不开局面，想找点能拿得出手的人过去谈谈，主要是想给自己背书、撑下场面。这从他角度可以理解，但对我而言有点浪费时间。

晚上下班途中，这哥们打来电话问，您这会儿方便接电话吗？我说抱歉我在开车……他电话并没有挂，而是继续说，劳总您周三时间可以吗，我在办公室恭候您。我重复了下抱歉我在开车，对方也没有丝毫挂电话的意思。继续问这周哪天有时间，他都方便的。

我说这周都安排满了，后半周有出差，安排不了，抱歉啊。对方追问，那下周或者下下周呢，总不能一直都是满的吧。我说哥们啊，我项目确实有点多，精力有限，服务质量不太能保证，另外，我对你这事不是特别感兴趣，不好意思啊。

唉，这哥们啊，都不如直接说，劳哥，我换了单位初来乍到,能否过来喝杯茶帮我撑下场面,我也好在领导面前露个脸,那估计没准我就答应了,类似的事也不是没做过。比较烦的是有人总感觉自己聪明,算计别人,跟谁俩呢?

再见，呼兰！

2018年春天，某大型银行组织培训，我作为外聘讲师去哈尔滨呼兰区讲课，提前一天到达。主办方尽地主之谊，准备请讲师团撸串，大概就是到了东北呢，必须痛痛快快地大吃一顿。

吃的过程不用赘述，各位领导轮番提杯、非常热情，各种烧烤啤酒味道也不错。但最关键是吃完要回酒店了，大家都脸通红、相互搀扶说着掏心窝子的话。主办方叫了几辆出租车在饭店门口路边停着。

大家纷纷上车，在车上等去洗手间的最后一位讲师。这时，主办方工作人员的电话响了，该讲师在电话里说，他从洗手间出来被拦住要求买单，他有点疑问便打来电话确认。主办方工作人员非常不解和气愤，返回饭店去解围并质问服务员，怎么能拦住客人要求买单，而且明明已经买过了。

饭店主管是位胖女士，连忙出来微笑圆场，连声说误会误会，然后把服务员骂了一顿。主办方工作人员还是余怒未消，说别看是外地人就欺生，这是本地银行请来的贵宾，你们别太过分云云。

事情解决了大家都上了出租车，车里几个人在那讨论这事。大家的倾向性意见是烧烤店是故意的，而且可能也不是头一次这么做。

司机师傅也跟着随声附和，表情有点不屑和义愤填膺。说这些人真是缺德，东北人的脸都被他们丢尽了，难怪东北最近落后，都是这些不讲究的人太多。我开玩笑说师傅您是呼兰之光，看来东北振兴指日可待了。

一路欢声笑语，不多时就到招待所了，大家纷纷下车。我问师傅多少钱啊，回答说50元，我当时有点迟疑，因为大概也就开了不到5公里，毕竟呼兰这地方能有多大呢。但仔细想想，咱从事金融行业的啊，说好的打车不看表、撸串不数签，这都是小钱。尤其刚才师傅那些有正义感的言辞也令人敬佩，于是我掏出50元递了过去，然后开门下车。

这时候，后面的出租车也纷纷而至，坐后车的主办方工作人员下车冲我们喊，车费我提前都付好了，你们不用管啊……

我当时就愣了下，估计"有正义感"的师傅也听到了，没等我反应,他一脚油门就蹿了,我清楚地看到车后门都没关严,很快就消失在"夜幕下的哈尔滨"了。

我站在原地不知所措,虽然已是五月,作为地道的东北人,我也能感到丝丝凉意,车辆极速地驶去,留下我在风中凌乱……

四

有多大脚穿多大鞋

有多大脚穿多大鞋

最近经常有投资机构找到我,希望能够帮忙把他们的投资企业卖掉,简单说就是想通过并购实现投资的退出。

很多投资机构尤其规模比较大的,之前撒胡椒面似的投资很多企业,企业也各不相同,本身符合 IPO 基本条件的就是少数。就算符合 IPO 的基本条件,从规范到申报,从审核注册再到发行,还有后续股票解禁等,周期确实相当漫长,企业有时候也等不起。

当然,有些运气不错,IPO 成功了。

那又能怎样呢?主要是上市后股价也不是很给力,市场的估值中枢持续下降,尤其那些规模不大、成长逻辑不是很清晰的被投企业,上市后颇有点"见光死"的感觉。当初一级市场的"小甜甜"转眼就变成"牛夫人",一二级市场价格倒挂似乎也见怪不怪。简单说，就算上市成功了，单纯靠流动性套利就能盆满钵满的时代，已经彻底过去了。

同时，LP（有限合伙人）也给了企业不小压力，基金马上要到期了，俺们的钱呢？

怎么说呢，通过并购退出投资的逻辑我还是赞同的。毕竟不是所有的公司都具备IPO的条件，可能多数公司最佳的归宿就是被卖掉。更何况，有这么多小市值上市公司准备通过并购来实现成长和转型，似乎买方和卖方的交易诉求都非常强烈。干柴烈火，就差个点燃的动作了，并购市场就将迎来大爆发。

但实际上，投资机构找过来的案例，想成交也实属不易。

首先要解决交易诉求的问题，尤其是创始人股东。遇到财务投资人提出的类似交易诉求，我都会问句：创始人股东同意卖么？回答都是信心满满，那必须的，有些还能带着见创始人股东。当然几乎所有创始人都说，我们对于后续资本化心态是开放的，我们也充分尊重财务投资者的退出意愿，毕竟在企业困难时候，他们真金白银地支持过俺们。

话说得都挺漂亮，但客观情况可能会有不同。

其实，很多类似情况是皇帝不急太监急，财务投资者提出来这个想法，老板又不好表态说"有法儿想去，没法儿死去"。道理也不难，虽然大家都是股东，但创始人很难真的从解决财务股东问题角度来思考企业的未来。简而言之，并购只能是各方意愿的重叠与竞合，财务投资人不能对自己的影响力过分自信。

通常而言，简单聊几句就能判断出创始人的真实想法，若真的要卖会有很明确的思考逻辑。那种对事情发自内心的关注，明确自己想要什么，交易条件和方案上有哪些思考，等等。相反，创始人眼神迷离的，或者表态都听财务投资人的，自己这边怎么都行的……大概率是闹着玩的。

这点是最关键的，也是交易的前提。

剩下的就是对于交易条件的预期了，有些财务投资人明确不能接受交易的浮亏，肯定是没有道理的。不能因为你成本高，所以必须找人高价接盘，这肯定是不理智的。尤其很多潜在购买方是上市公司，不仅要考虑商业层面对方能否接受，还要考虑能否通过监管这关。

什么样的价格才是合适的呢？

我经常举的例子是，你卖家喊出来的价格，十个买家听到后有七个感觉太贵，有三个愿意过来谈谈，这应该是最有效率的报价。若每个人听到后都感觉价格合理，肯定是开价低了，要是十家都骂了句娘就走了，那就说明价格肯定是离谱了。当这个现象出现后，应该做的是调整自己的预期，而不是再换十家看看有没有冤大头。简单说，并购的成交价格，是出钱的人决定的，不是喊价的人决定的。

一句话，有多大脚穿多大鞋。

小市值公司转型之殇

最近经常有小市值的上市公司过来交流，核心就是未来到底如何发展的问题。这类公司通常的特点是主业传统且遭遇天花板，没有退市压力但不咋赚钱，市值基本上低于 30 亿元，主业看不出未来的增长逻辑，在资本市场也失去了融资的吸引力。当然，股价波澜不惊，属于被主流机构投资者遗忘的类型。

我查了下数据，A 股目前有五千多家上市公司，其中，市值低于 60 亿元的超过 60%，市值低于 30 亿元的大概占 25%，数量超过千家。这是个非常庞大的数据，这些公司登陆了资本市场后，多数面临着如何借助资本市场发展的问题，有着很多的挣扎与困惑。

他们到底何去何从？

多数公司的主业肯定是没啥大戏了，老板辛苦干了几十年，作为行业细分龙头和翘楚在IPO（首次公开募股）的独木桥中胜出，有上市公司平台和首发融资支撑，这些条件都没有换回来爆发式的增长。这些不是靠老板努力就能实现成长的，每家都各有苦衷和无奈。

有些行业天花板就那么高，有些老板的能力也就那样，当前各种局势的变化，国际环境带来的对外贸易的波动，人口红利的减弱及产能外迁等，还有国内各种激烈竞争，各种内卷。一句话，很多企业勉强维系。作为最乐观坚韧的企业家人群，也看不到光明的未来。

似乎，转型是必须的。

提及转型，问题都来了，方向如何规划，机会如何把握，转型周期如何安排，团队和竞争优势又在哪里？很多老板这辈子都聚焦在自己这行业，都在埋头苦干而很少抬头看天，对于企业跨行业发展的战略基本上没有啥思考，当然也普遍能力不足。当迫于形势要思考转型的时候，发现确实很难，核心逻辑是每个行业的竞争厮杀都非常惨烈，转型意味着行业新兵需要能够战胜别人，很明显是个小概率的事件。

结论，只能通过并购实现转型。

毕竟能够进入视野的被并购企业已经具备规模了，也经历过创业期的各种拼杀，在市场中树立了相对的竞争优势。另外，整个团队建制也比较稳定齐全。通俗讲，并购不是拓荒，也不是种树，而是在树林中摘果子。尤其是那些需要借助资本市场通过融资或者提升影响力才能长大的企业，合作是有增量协调的，也是有共赢逻辑的。

那么，什么样的标的是合适的呢？什么样的并购交易是具有可操作性的呢？A股上市公司的并购还是有挺高的门槛的，不仅交易能够拿得下，后续整合还得玩得转，更重要的是，能够获得监管和公众投资者的认可与祝福。

一是标的要有盈利。

目前的A股还是按照市盈率估值的逻辑，没有历史盈利就很难被证明未来赚钱的确定性，同时亏损企业会导致上市公司每股收益的摊薄，容易导致股价下跌，股东大会网络投票就很难过关。另外，并购交易的动机会被怀疑，如何能够自证并购的商业逻辑不是利益输送？最终会陷入死局。

是不是盈利就OK了呢，很显然不是。盈利体量至少要覆盖原有业务的亏损，起码并购重组后上市公司能够盈利，简单的减少亏损的逻辑也是很难被认同的。当然还有利润体量的问题，最好能够有大几千万元的利润，否则被并购企业抗风险能力也弱，后续遇到点风雨就很容易亏损。简单说，跟择偶考虑差不多，体格必须能扛折腾才行，否则如何面对人生的各种艰辛呢？

那么，利润体量到底多少才可以呢？这个没有啥固定标准，我的观点呢，起码每年税后3000万元打底，超过5000万元才算靠谱！其实这个标准已经是非常严格了，已经上市的企业能够实现超过5000万元利润的，又有多少家呢？

二是被并购企业有明显的成长逻辑。

利润体量能够达标，但看不到稳定的增长也不行，资本市场讲究的就是未来的预期。最好能在稳定利润的基础上有个美好的未来，今年5000万元，明年6000万元，后年就能8000万元。然后呢，能有个核心的爆品或者业务，不一定强但天花板足够高，能给资本市场讲个好故事。简而言之，看历史有迹可循，看今朝效果"杠杠的"，看未来有无限可能。

三是最好能证明有整合能力。

这点确实有点难，很多小市值上市公司从来没有跨行业发展过，也很少有并购整合的经验。这里面其实就有个悖论，想发展就需要跨行业转型，转型的同时还需要证明自己有很强的整合能力。大家在刚开始并购时，都是十足的新手，经验的积累总是需要个过程。

很多跨行业的整合能力，是需要向监管和市场进行论证说明的。看过很多跨行业的整合措施论述，确实很难自圆其说，但态度都很诚恳，措施也都大差不差。大概的逻辑就是，我是个有责任有担当有能力的好人，相信我可以搞定的，措施呢，有如下各种，等等。

四是方案设计也要合理。

比如，要避免明显的"三高"——高估值、高盈利预测、高商誉。简单说，无论是估值还是盈利预测，最好是偏保守且有支撑逻辑。当然，最好避免高商誉，但在交易实践中确实很难避免。商誉本质是被并购企业的商业价值体现，但后续确实对合并后的损益表有很大的影响，尤其是后续并没有达到之前预期。

逻辑，逻辑，还是逻辑！

简单说，关于估值定价和未来预期盈利，不能看上去就特别地离谱，然后又没有合理性支撑。在面对市场和监管时，不能被问住。上市公司并购在商业条件上享有有限的自由度，不能是你情我愿就可以，还需要接受市场等检验。这是能够做成的前提和基础。

还有就交易路径而言，最好要避免类借壳和三方交易，方案设计别过分讨巧，各种打擦边球。这不是个猫鼠游戏的时代，看着有几分老鼠的样子就相当危险，分分钟会被吃掉的。

五是敏感行业需要绕开。

有些行业并购的操作难度是很大的，除非同行业整合。很多行业是被重点监管的或者曾经被点名过的。诸如影视、互联网营销、教育、网络游戏等。此类行业作为跨行业标的，还是挺有挑战性的。有些行业在 A 股历史上留下过不好的印象，有些行业自身的规范难度比较大，基本上是做不成的。

其实，能够符合以上几个要求的被并购标的确实不多，尤其在目前 IPO 注册制的背景下，很多有质量的企业都自己独立上市去了。从这个角度而言，符合条件又有被并购意愿的标的企业简直就是凤毛麟角。而这些企业都独立上市的话，命运其实也差不多，也变成了小市值公司，到处在找并购标的。

大家都变成了猎人，最后发现没有猎物了。

业绩对赌，是解药还是毒药？

在上市公司并购重组谈判和方案设计中，业绩对赌是十分常见的设计，尤其对于收益法估值的交易中，绝大多数做了业绩对赌安排。但是呢，在境外成熟市场的控股权交易中，业绩对赌却非常罕见。就算是 A 股并购重组交易，只要涉及境外资产和境外交易方，对赌基本上就没办法谈。从这个角度而言，业绩对赌差不多算 A 股特色了。

这事只有 A 股有，单凭这点就值得琢磨。

这么多年，关于业绩对赌的讨论似乎没有停止过。有人认为它是个好东西，对估值能有效支撑而且还约束被并购方的后续义务，避免因为并购能力不足而让作为买家的上市公司踩坑，有利于保护上市公司及中小投资者利益。当然，也有人认为业绩对赌违背并购中的基本商业逻辑，容易操纵股价，阻碍整合有效实施，容易让并购陷入短期利益导向，也不利于买方形成价值判断能力进而形成并购选择能力。

简单说吧，对于上市公司而言，业绩对赌这种安排有点像拐杖，有人说，有了它出行就不会摔跤；也有人说，总拄拐是没办法学会走路的。从并购实操角度，我倾向于后者的观点，简单说，并购是商业行为，理顺背后的商业逻辑是最为重要的，这应该是事物的本质。

先探讨一下，业绩对赌是否合理？

有人说挺合理的啊，既然你说卖给我的企业未来能赚多少钱，而且估值作价也以这个为基础，那么对未来业绩有预测且有承诺，这个多合理啊。否则，怎么可以让你吹牛了还不负责任呢？说到就应该办到才对。这种观点差不多是业绩对赌合理性最朴素的观点了。

其实，还真不是的。上市公司并购绝大多数是控股型交易，交易完成后由买方控制企业并实施整合。后续业绩没达预期这事确实有点复杂，有可能是对被并购标的价值判断出现了失误，也有可能是整合措施不到位，还有可能是因为其他双方都不可控的因素，等等。很难简单归结为被卖家给忽悠了。就好比你买了头小猪，后来养不肥，或者病了、死了，你找卖家来退钱肯定是行不通的。

个人观点，买卖双方的利益和风险在交付时就应该完成转移。交易达成相当于买家认可了标的公司的预期盈利带来的潜在价值，买家规避风险的首要方式应该是不买，而不是让卖方对后续利益可实现负责。

说白了，擦亮双眼，买者自负。

有人说这个道理没问题，但是上市公司有特殊性，毕竟上市公司后面是中小投资者，而且上市公司并购重组经验不足，给予其适当保护也是应该的。我认为这个逻辑也有点牵强，上市公司规模都不小，不能简单说是弱者，中小股东是弱，但操持并购的通常都是管理层或者大股东啊。另外，就算并购经验不足，那也不应该是单方受保护的理由，不能因为弱就有理。

市场竞争就是博弈和弱肉强食，最应该保护的是交易规则的公平性而不是单方利益。对一方利益的保护就是对另外一方的侵犯。所以，这事从交易本质来讲确实是不合理的，这种不合理带来的各种扭曲，会贯穿整个并购交易和整合的全过程。

在并购实操中，也因此各种麻烦不断。

在交易谈判中，业绩对赌总是谈起来特别地费劲。卖家说，我卖给你东西，后续达不到预期你让我负责补偿，那你支付给我的股票后续要是跌了，你给补吗？买家上市公司说那不行，股票的涨跌属于市场行为，你持有股票就需要承担市场风险。买家说，你买了我的东西后续好坏也需要你自行承担，这样才公平和对等啊。

买家说了，业绩对赌是惯例，这体现了对中小投资者利益的保护，你必须要理解才行。卖家就说了，并购换股后我也是上市公司中小投资者，为啥就不保护我呢？上市公司和投行面面相觑默默无语，相当有道理啊。

另外，卖家提出若后续三年有业绩对赌，那么并购后三年内整个经营必须由自己掌控，否则无法形成权利和义务的匹配。说简单点，作为买家你自己经营搞砸了还让我来赔，那我肯定不干。其实这点非常要命，导致很多上市公司并购就是简单地合并报表，无法有效整合不说，有些并购后的管控都成问题，大大增加后续整合风险。

那么，业绩对赌能保障上市公司的利益吗？

通常业绩对赌是三年左右，很多并购交易中卖家为了完成业绩对赌会采用非常规的手段，要么财务作假，要么寅吃卯粮。这也是很多并购重组过了业绩对赌期业绩变脸的直接原因。简单说，业绩对赌并没有从根本上解决并购交易的合作共赢，某种程度上其实对交易整合是种伤害。能接受业绩对赌的小股东，多数是没打算长久"跟你过日子"的。

还有其他极端情况，很多交易中，卖家换股后把股票进行了质押，后续业绩对赌不达标时也没有能力做补偿，处于各种躺平的状况，类似的司法纠纷也很多，让业绩对赌这种保护最后流于形式。总之，依赖于事后救济并不是个好方法。

那么问题来了，为啥上市公司并购重组中业绩对赌如此普遍？

其实，重组办法早已经取消了业绩对赌的强制要求，理论上是由交易双方谈出来的。而且，上文分析了，业绩对赌从商业逻辑而言也没啥好处，那它在A股并购重组中普遍存在，到底是什么原因呢？

首先是上市公司作为买家并购能力不强，需要依赖于对方的业绩对赌来做并购决策，尤其是涉及跨行业并购的。简单说吧，有业绩对赌结果也未必好，但没有对赌上市公司还真不敢买。说直白点，对方不对赌上市公司怕踩坑，其实呢，对方对赌也不影响踩坑，唉！

其次是并购交易双方希望能够有明确的业绩预期，进而对股价形成支撑。尤其是套利逻辑的并购，股价上涨是双方共同的利益导向，而盈利预测和对赌有利于股价上涨。在实践中，就算交易双方都对盈利预测结果过于"乐观"，基于股价利益也很难形成博弈对抗，而形成交易双方都默认的"合谋"，有这种乐观的合谋，就能理解为啥很多业绩对赌都是一地鸡毛了。

另外，业绩对赌也为并购交易的顺利进行保驾护航。没有业绩对赌对交易估值的支撑，可能并购交易行为根本就走不下去。比如，独立董事不签字咋办，股东大会通不过咋办，后续对估值合理性如何解释，等等。并购实践中，没有业绩对赌的交易确实也是举步维艰。

这么说吧，业绩对赌的出发点是好的，但效果不算太好，而且容易劣币驱逐良币，形成逆向筛选。让那些买家缺乏能力的，卖家喜欢忽悠的，还有基于股价套利的并购重组更容易发生和过关，而真正符合商业逻辑的产业并购和整合却很难。业绩对赌是规范并购的解药，还是伤害并购的毒药，确实值得各方思考。

或许，应该禁止业绩对赌才对。

并购为什么失败率高？

并购对于企业发展的重要性不言而喻，经常说没有哪家世界 500 强企业不是通过并购才长大的，潜台词是想做大做强，单靠内生式成长是不够的。其实这个逻辑没有问题，但是并非意味着企业持续做并购都必然会成为世界 500 强，若企业持续做并购，大概率是会死掉，因为对于单次并购而言，失败概率也是明显大于成功概率的。

这就是幸存者偏差，道理依然不难。因为世界上的企业千千万，500 强毕竟就那么多，成功者都是踩着失败者的残骸过来的，这也是自然界的竞争法则。

先界定一下，并购的成功是什么标准？

个人观点，只要并购最终被验证达到了当初预期就算成功，因为不同的并购有不同的目的。有些并购是为了获取资质，类似借壳上市等，这类并购成功概率是不低的。不过，也有些人认为类似的操作不是并购，产业整合或者投资逻辑并购成功的概率就不高了。并购的成功包括两方面，交易的达成和整合达到预期，就是交易能搞定，后续也能玩得转。

这么说吧，某单并购在若干年后回头看，并没有肠子悔青、如鲠在喉，那基本上就算成功。

听起来似乎标准不高。并购交易似乎每天都在发生，并购初始也会有很多理性的考虑和测算。那么多精英在论证和决策，还有各种专业机构保驾护航，每单并购的发生和推进都不是儿戏。这些都难以保证多数并购能达预期？

是的，而且失败的比例非常惊人，据说有超过80%的并购最终效果都不好。这个数字其实是客观的，是作为并购的专业人士特别不愿面对的。这大概意味着，我们辛苦做的工作，让客户付出昂贵的费用，最终80%概率是给人添堵添乱，是不是听起来很让人绝望呢？

也有人安慰我说，兄弟啊，不是所谓成功才有价值。并购发生本身就是资源配置过程，失败的并购是通往成功的必要方式，并购就算失败，后续还会有资产出售或者破产等，最终让合适的资源找到合适的主人。所以呢，不要从过程来断定这个工作的意义，要从结果来看，凡事要有高度才行。

我想想，似乎也有道理。看来之前的理解还是有点狭隘了，要从整个社会资源配置效率角度思考，只要站得足够高，肯定会找到自己心仪的理由。

那么为啥多数的并购都不容易成功，这里面有怎样的逻辑呢？若只有约20%的并购是成功的，是不是意味着企业不做并购是最理性的，多做多错，直接躺平就是最佳选择了呢？从并购的驱动角度来思考，并购为什么会发生呢？那就是买家愿意买，卖家希望卖，民法上叫作意思自治，俗话叫作你情我愿。

那么先捋一下出售逻辑，卖家为啥要卖呢？当然并购卖家总有各种理由，战略性调整——这块不想干了，还有就是自己有流动性压力——选择最优资产变现。总之，理由大概是忍痛割爱，各种舍不得。其实，多数卖出的动机是对未来不看好，或者是在特定交易条件下不看好。简单而言，对未来持悲观预期或者价格很难拒绝。

那买家为啥要买呢？大概逻辑有几点，要么是对未来乐观，认为企业前景会很好，要么是认为自己整合能力很强，对后续的并购协同抱有期待。这么说吧，相对于卖家的悲观预期，买家做出购买决策是乐观估计。其实，交易达成都是买家的乐观预期与卖家悲观预期的竞合，股票的集中竞价道理也相同，成交价格就反映着彼此观点的差异。

那么这种观点相异，谁会更接近事实真相呢？毋庸置疑是卖家，因为卖家具有绝对的信息优势，有句俗语叫"买的没有卖的精"。另外，从买家而言，基于乐观的假设做出的并购意向，无论多么谨慎，底层逻辑都是乐观的。买家会列出各种积极的假设来做自我说服，而这些乐观的假设可能并不存在。

还有个问题，买家为什么会买到呢？通常卖家都会有竞价程序，或者满市场询价，寻找更有利的买家。从这个逻辑而言，买家之所以能够成交是因为出价最好，也就是说，跟其他竞争对手相比，表现出来的乐观情绪也最强。

简单说，掌握全部信息的卖家不看好，但作为局外人的买家相当乐观，且给出最高条件击败所有竞争对手。这几个逻辑下来，买家已经输掉几成了。这是并购交易双方通常的交易位置决定的，当然也有极端状况，比如卖家因特殊原因被买家捡了便宜，但这应该是个例了。

还有个重要因素，就是整合带来的不确定性。

正如有句歌词唱道：相爱总是简单，相处太难！企业经历并购毕竟是很大的变动，而比较并购交易而言整合又是更为复杂的。有数据统计显示，多数的整合是不达预期的，之前预想的并购协同没有出现，倒是整合中会有各种矛盾和幺蛾子，包括文化冲突和利益协调不顺等。这时候也容易被竞争对手挖墙脚，导致团队或者客户流失。

核心逻辑还是两点，首先是买家面对陌生企业甚至陌生行业的情况下，能否比之前的股东在企业整合运营上更具有优势？其次是并购这种变动给企业带来的影响，正面和负面哪个概率更大呢？这个答案应该是挺确定的，整合中机会与风险肯定是共存的,而且风险大概率是大于机会的。

基于以上分析,可以理解并购失败率80%是怎么来的了。当企业有并购想法征求我的意见时,我有个建议是"买须谨慎,卖要坚决"!当你打算收购时无论多谨慎都是必要的,这与投资很类似,可以错过但不能做错。而且,在收购的决策时任何时间点放弃交易,大概率都是对的。当你有出售想法时必须要坚决,大概率说明企业已经到了不卖不行的地步,但凡有点希望都会坚持,因为乐观是企业家的普遍特性。

A 并 A 操作，想要爱你好难！

谈到上市公司的并购重组呢，这几年有个词经常被提到，那就是上市公司之间的吸收合并，俗称"A 并 A"。过往诸如借壳上市、整体上市等有很强的证券化属性，但上市公司之间的合并会有所不同，基于产业整合目的更多些，多发生在同行业上市公司之间。有种说法，市场化的上市公司之间合并出现了，A 股市场化并购时代才算真的到来！

这几年，上市公司之间的合并在各种期待中闪亮登场，当然对于进程和结果也是翘首以盼。但是实践中该类型的操作难度还是相当大的，中间夭折的是大多数，能够最终修成正果的寥寥无几。

先说 A 并 A 为啥会出现？

首先是 A 股股票估值逻辑发生了很大变化，龙头公司更容易有更高的溢价。当然，这点跟市场的成熟度有关，也跟市场投资者结构变化有关。原来特别受投机资金青睐的小盘股已经变得无人问津，机构投资者更喜欢龙头股。这种估值逻辑的变化，会让产业整合的上市公司合并具备了更好的估值基础。两家上市公司的合并，无论在基本面层面是否有协同，起码股价大概率是上涨的，单纯这点，就足以有动力去搞。

其次是产业竞争加剧，同行业血拼到最后彼此都很难受，还不如由相杀转为相爱，否则可能会都活不成。这在互联网等市场化的行业里更为明显，尤其是遭遇了类似 2018 年金融危机及新冠肺炎疫情，就算是行业巨头也有抱团取暖的诉求，大家都追求能够活下去。

我国有个传统观点叫"宁为鸡头，不为牛后"，所以很长时间以来大家都特别喜欢当大股东。但是经历过 2018 年集体爆仓风波后，很多人发现在 A 股做大股东有很多不便的地方，比如说股份减持会受到限制啊；比如说同业竞争等被限管得很严，最后发现大股东是"站岗"的，而小股东才是真正能赚钱的。所以有些人也希望能够通过合并成为小股东，这样能获得更多商业利益或者灵活性。一句话，企业家的理念变得更为务实。

另外，还有个很重要的原因就是企业家的代际传承，比如有企业家面临退休，子女无法接班，无论是能力还是意愿原因。而我国的职业经理人市场又不是特别成熟，如果通过同行业公司的并购整合，把企业交给更年轻的同行领先者，也不失为一种理性的选择。

当然，实践中的并购驱动原因也是有各种。个别案例中大股东有很强的减持诉求，但因为持股比例过高无法通过二级市场减持，自己持股上市公司账面现金不少，但由于某些原因无法分红，通过与其他公司合并行使现金选择权的方式，也可以实现减持股票的效果。

简单说，基于市场估值逻辑变化、行业整合及企业家的意识转变等因素，上市公司之间的市场化吸收合并具备了操作条件，市场也出现了诸多交易探讨。但是在操作的实践过程中其实并不容易，截至目前，非关联、非国有同行业的上市公司之间的合并，有过几单的尝试，但是最终都以失败告终。

为啥这么难做成呢？

首先吸收合并要灭掉一家上市公司，这就会让方案的利益很难协调。实现股东利益最大化不假，但是灭掉一家上市公司会动很多利益主体的奶酪。比如，管理层、地方政府甚至是交易所等，大家都希望自己这边的上市公司能保留，这样就存在着方案的各种博弈。

想想两家公司合并后，财务总监和董秘就必须有人下岗，管理层很多人必须丢掉工作。人都是利益导向的，大家都上有老，下有小的，没有人真的会为行业竞争格局负责,而对自掘坟墓乐此不疲。

其次交易方案设计很有难度,尤其是在换股价格和现金选择权这两点上,让很多上市公司吸收合并最终无法达成共识。

比如,A股很多同行业的公司估值就是差异很大,每家公司都执拗地认为自己是被低估的,而交易对方明显是有泡沫,很多关于换股价格的谈判最终不欢而散。还有就是现金选择权如何确定价格,要是现金选择价格定高了,多数股东会行使选择权不去换股,增加上市公司巨额现金支出;若现金选择价格定低了,可能起不到在吸收合并过程中对股东的保护作用,无论是股东还是监管部门都不答应。

并购重组方案设计的利益平衡,不仅要考虑时间点,还要考虑时间段。比如,方案确定后公司复牌推出预案,股价的走势对后续方案的稳定性都会产生重大影响。复牌之后两家公司的股票都下跌,那交易很可能被股东会否掉。那要是上涨呢,是不是就肯定没有问题?如果上涨的幅度差异很大,这个交易也很悬,因为涨幅小的股东会认为自己吃亏了。所以,这种静态的博弈最终还要受到动态的检阅,就是并购重组最难的地方,当然也是最有魅力的地方。

除了上述交易博弈有难度外,现有的上市公司吸并还是需要审核的行政许可事项,需要履行严格的合规性审查,这在操作中也增加了难度。

很多公司之所以被整合是因为出现很多问题，包括财务危机或者治理结构也有所欠缺，很可能会因为规范性问题导致不具备换股条件。这样可能就有个悖论，因为不足够好，所以需要被整合、被合并，但是也因为不足够好，所以被整合是有操作障碍的。还有就是细节规范性，诸如财务规范性和法律规范性等，通常并购重组的审核要求还是挺严格的，有些甚至比照新股上市标准，这对很多上市公司来说确实挺难达到的。

怎么说呢，有点像要求大四学生参加高考，大概率是考不过去的。

说到这就有个思考，上市公司之间合并是否真的需要列为行政许可事项？两家公司都已经是上市公司了，换股合并的结果会让上市公司数量只减不增，虽然涉及换股，但也是存量调整。在注册制大背景下，把它交给股东来决策，可能更为符合商业实质，当然这需要相关法规的调整才能做到。或许未来的某天会成为现实，这也不好说。

如何面对跑单?

交易中介有个逃不过的话题,跑单。

无论是二手房交易还是融资并购,跑单差不多是中介机构的心中之痛。因为交易撮合本身就很不容易,交易达成的概率不大,要是再收不到钱,那真有点吐血的感觉。就好比,好不容易中了彩票,然后又丢了,费尽周折钓到条大鱼,结果被猫叼走了。

所以呢,很多撮合交易的投行中介,耗费最多精力在不被甩开上,甚至超过了交易撮合本身。把自身的利益和风险都拿捏得死死的,合同条款确定之前要谈得很细,不签协议不干活,在交易过程中反反复复确认客户的付费态度和意愿。

这时候的中介,类似恋爱中没有安全感的一方,经常需要问你爱我吗，你一定要爱我！故此，在交易撮合中，中介钟情于制造各种障碍和信息不对称。比如，在协议没落地前，绝对不告诉交易对方信息；不支付前期费用，不可能安排见面；交易有基本的意向后，就开始为后续要钱做准备，在进程控制中做了很多文章。

但结果并不好，多数交易并不会走到最后，侥幸搞成的交易，跑单也成了日常。怕什么来什么，最后的结果是，怨天尤人不停地骂娘，认为客户过河拆桥，辜负了自己。中介像个受气包儿，系着领带抹眼泪，哭得梨花带雨。

想想，为什么会跑单？多数人会怪客户不讲究，少数人会懊悔自己做得不够，比如应该早签协议，又如不应该那么早安排见面，还有是发现客户有甩开自己的苗头时，应该把交易搅黄，宁为玉碎，不为瓦全。真正可悲的是，撮合交易能力有限，真的想搅黄交易时发现也挺难，买卖双方谈笑风生共谋未来，留下凄惨的中介在交易失望美梦破灭中，各种耸肩。

私以为，跑单核心在于中介能力不够，在交易中没有足够的价值。比如，若中介仅仅提供了交易机会，那最后的报酬就是茶水钱；若中介对交易双方决策上有很强的影响力，对交易进程有掌控力，能决定交易的成败，那撮合的价值就不一样。还有中介能够解决过桥融资，完成材料申报以及对后续整合都有服务。这种情况下，自然就不会跑单，客户会心甘情愿付钱，可能还指望后续能持续合作。

我见过某单交易，财务顾问提供交易机会给了客户买家的电话号码，后来这个交易居然就谈成了。财务顾问跑过去说，这个交易5个亿，我按通行标准3%收费，请支付给我1500万元整。客户说给你50万元信息费。财务顾问大怒说，没有我给电话号码，你能谈成这个交易吗？客户说你也仅仅给了电话而已，跟谁俩呢，滚！

其实，一个电话号码50万元也不少呢！

如何面对跑单这事呢，最佳答案是不用在乎！首先，在并购交易撮合中，对跑单的担心丝毫没有意义，甚至对其发生概率起到相反的作用。在避免跑单中消耗精力和信任，对交易本身只有坏处没好处；其次，先把交易搞成再说，因为多数交易是干不成的，根本就不会涉及啥中介利益，还不如索性显得敞亮点；再次，投行收钱本质是对自身价值的认可，收不到钱说明没价值，或者预期超过了价值，这更多的要修炼自身的能力，向内寻找答案才是最佳方式；最后，遇到没有契约精神的无赖客户，也是业务中需要面对的正常风险。

此外，如果感觉交易完成后有可能跑单，要不要毁掉交易呢？我认为真没有必要。首先，干成交易收不到钱也会有其他收获，至少赚点人情，积累些经验和口碑，提升了赚钱的能力，没准被辜负还能撑大自身格局呢；其次，对交易撮合而言，最大价值在于做成而不是赚钱，如果有两个交易机会，首选是能做成的，而不是收费有保障的。

因为做成还有收费的可能,做不成啥都没有;还有呢,毁掉交易也没有想象那么容易,对方已经是小人了,把成人之美的君子机会留给自己多好。

其实呢,别担心被辜负,越担心越容易被辜负,从另外角度想,被辜负说明自己还有点用,而且要感到幸运的是,掉链子的是别人,而不是自己!

交易谈策略之以退为进

某民企借壳国有控股上市公司的操作中,在停牌近两个月期间,双方经过激烈谈判博弈,终于达成共识,准备签署协议披露。当时拟借壳企业的副总,主管资本运营并负责整个交易谈判,在停牌期间每天都干到后半夜,面容明显地憔悴了不少。无论是买卖双方还是中介机构,都沉浸在项目胜利在望的期盼和忙碌中。

事情毫无征兆地有了个大反转,拟借壳企业老板突然从国外空降至项目现场,明确提出欲终止此单交易的要求,此举让所有人都相当地蒙圈。经过多方打听才知道,原来是这老板不知道从哪儿听来的逸言,说自己的副总吃里爬外,并未充分照顾到企业的利益,副总感觉受到了天大的不白之冤,个性很强的他索性关了手机做了甩手之举,带着女朋友跑某海岛度假去了。

突发情况把出让方国企集团打了个措手不及，真真切切地感觉到了巨大压力。主要是之前的重组搞了几次都折戟了，找到个优质的借壳方并不容易，是化解上市公司退市危机的难得机会。另外，本次方案也跟国资委汇报过了，主管此事的领导也立了军令状，若重组再失败则必须提乌纱帽来见。所以，从出让方国企集团的角度而言，特别不愿意看到项目就此流产，有点输不起的意味。

于是乎，国企集团召集所有中介机构讨论对策，核心的想法就是这事如何还能挽回。企业财务部、资本运营部及各个中介都七嘴八舌提出各种建议。有人说是不是披露个进展公告，生米做成熟饭，来个霸王硬上弓；也有人说能否降低交易条件用利益让步来增强对方信心；还有人说能否想办法查下对方税务有无问题来威胁对方；等等。律师还算理性和专业，提出了先扣留对方3000万元诚意金，然后给对方郑重发律师函，若对方坚持放弃交易的话，马上以缔约过失的理由提起诉讼。

一句话，生死看淡，不服就干！

最后，投行机构发表了自己的看法，核心意见概括起来有几点：首先，对方明确想终止交易，已经做好了后续应对纠纷甚至无法拿回3000万元诚意金的心理准备，所以可以推测诉讼是吓不住对方的；其次，交易继续的关键不是让对方因恐惧而就范，而应该让对方消除疑虑，在危机意识中看到机会而不是危险；最后，当人们为是否前行犹豫时，被断后路会让人更坚决地放弃，时刻保持后路通畅，才能有前行的勇气。

简而言之，退即是进！

然后呢，谈判就如期开始了，出让方谈判代表向对方老板表达了几个观点：第一，在并未签署正式交易协议前，放弃交易是合法的权利，本方表示尊重和理解；第二，贵公司谈判代表让我们很头疼，诸多条件在本方内部也有不同意见，目前反对意见也似乎占了上风；第三，停牌之前有三家借壳方备选，若想终止就速战速决，利用剩余的停牌时间推出新方案还存在可能，不至于耽误大事。另外还补充了一下，财务部已经安排好了，只要签协议就退还3000万元诚意金……

对方听后脸上表情略有诧异，说让自己再考虑下，然后出去抽了几根烟后，重新坐到谈判桌上郑重表示，非常看好这次合作，交易继续推进，后续有困难大家共同克服，一家人不说两家话！

五

莫要加戏

莫要加戏

某次跟朋友聊天，对方表达了对曾经某同事的不满。大概意思是同事作为 IT 技术人员来到证券公司工作，朋友某次在食堂吃饭时候与同事闲聊天，建议对方既然在证券公司工作，而且有理工科的基础，应该尝试去考一下保代，没准以后就能转型做投行了呢。

对方边吃边点头。

转年，这位理工男同事果真考上了保代，当然也脱离了 IT 岗位，投行业务也逐渐做得风生水起。但是呢，他在单位里见到朋友，从来没有提及往事。用朋友的话讲，好像过往食堂的那次交流没有发生一样，令人匪夷所思。

朋友内心充满了委屈，用他自己的话讲，他是同事的人生贵人，帮助他实现了人生的转型。倒是没有期待对方如何地感谢自己，但对于过往也不能不提不念啊，实在太过分了啊。然后推断出，这哥们人品不行。

我听了后，内心挺感慨的。忍了再忍，还是没忍住。

我说，你夸大了你在别人生命中的作用。在证券公司工作的每个人，不需要别人提醒，都会考虑是否有条件做投行业务，没准在你提醒之前，他已经下定决心并且复习很久了。而且，或许他应聘到证券公司，最重要的考虑就是看是否有机会转做金融行业。

你是他人生努力奋进的旁观者，而算不上关键先生。所以，对于别人通过自身奋斗取得的成就，鼓掌喝彩和祝福就可以了，犯不上给自己的作用加码。你内心把对方当作人品不好的负心人，但是在他生命中，可能根本不记得你。

其实，类似的事情有很多。

比如，我们服务过的客户，曾经在项目中携手奋战共渡难关。当然项目成功后，客户成为超级富豪，我们赚养家糊口的钱。当我们回头再见的时候，客户也会很礼貌但保持距离，有时候会忙着做别的，放我们的鸽子，不再相见。

有时候，小朋友会很感性，说某些客户"人走茶凉"，当初我们帮他们多大忙，没有我们他早就死了，等等。

其实，这种思维方式跟上面那个朋友类似。客户是上帝和衣食父母，做业务的时候，本质就是雇佣关系，你要感谢客户给你业务机会,让你有养家糊口的钱。所以,客户并不欠你的,而做好项目成全客户,是投行的责任。在雇佣关系中,要让客户感谢你的救命之恩,那确实有点过了。

另外,人生要接受"人走茶凉"这事,因为这意味着效率,想想看,人都走了茶还得热,多麻烦啊。客户每天要面对多少事情,总要有重要性选择和排序。要是没事总跟人瞎聊天,那企业不早就黄了吗?所以,从这个角度而言,"人走茶凉"本质上是种务实的负责精神。

所以,人生多数的抱怨,不是客观上你被辜负,而是你加戏感动了自己。

投行职业也有三年之痒？

正如婚姻有七年之痒，投行新人工作了三四年也大概率会经历职业迷茫。当初作为新人进入这个行业时，带着好奇、向往和各种兴奋，几乎每天都有新的东西可学。告别了学校，能赚钱了，工作技能的积累也是非常显性。今天我研究了股权激励的流程，明天项目核查自己独立负责某板块，然后就是项目签字了，再有就是自己的项目成功过会了，红酒喝了又吐，表情先笑再哭，那个酣畅淋漓。

但在投行待了三四年，人生首个职业瓶颈期到来，确实会慌得很，内心的那种迷茫带着恐惧时刻撕咬着自己。

学生时期，内心潜意识对三四年的周期是敏感的。尤其是名校毕业的那些学霸们，几乎每三四年就要经历人生重要的考试，中高考和研究生考试等。所以，在工作之前已经习惯了人生时刻在攀登，三四年就要摘个大果子，用很明显且硕大的成就来激励自己。

但是，投行没有这个标尺，相反，会进入倦怠和平淡。

工作上的显性技能积累已经差不多了，文件都看得懂，也会写；项目核心方案的处理也不再陌生，项目的全流程也经历过。工作中的很多事情不再新鲜，相反带来的会是很多的无助和挫败感。最不能容忍的是，感觉不到自己的进步，内心慌得不行。

另外发现，投行项目的不确定性也很大，有些简单的小项目自己可以做负责人，总希望自己能够运筹帷幄独步天下，但冰冷的现实是自己也总会有低级错误。核心问题判断的边界感不强，遇到难缠的客户搞不定，内核的各种严格要求疲于应对。还有，跟自己同时进来的小伙伴，居然考评比自己好，而且今年自己还没晋级。

这真的不能忍，从小自己就是"别人家的孩子"。

其实，每个人的人生路都要有个经历，就是要接受自己的平凡。这个平凡并非真正意义上的平凡，而是内心放过自己。有些人的这个经历在高中就完成了，然后考上普通大学，在小城市中幸福生活。有些人在大学里接受自己是路人甲，而有些人推迟到了工作阶段。无论怎样，这都是人生必修课。

当然，人生有很多可能性。所以，人习惯性地在三四年后要寻求变化和刺激，比如，除了投行，我是不是更适合做投资？在北京这么久，我是不是应该去上海？更重要的是，当你初步具备了些工作技能，所谓的猎头已经把你的名字列入名单了，时不时地给你各种的邀请。

很多迷茫的本质是阶段决定的，就像婚姻的七年之痒，作为过来人会有更清楚的感受，但每个人都要自己经历才清楚。人生确实需要尝试，也需要试错，但很多迷茫中寻求的改变只是说服自己的理由，无法改变实质。

人世间事，大多如此！

投行是个好职业吗?

其实,普通老百姓对投资银行是没有啥概念的,提及这几个字会误以为是银行的股东,专门给银行投资入股的那种。每次回老家村里人问我干啥工作,我会说在证券公司上班。问是炒股票的吗,我说不是。再问是不是电视上那种股评,我说也不是。被追问那到底是做啥呢,我只能说帮人出主意的,给企业家或大单位啥的出主意。

对方会恍然大悟说,你就是吴用、刘伯温呗?我点头说差不多吧,脸上带着释然与满意,就差伸手捋胡子了。

据说,投行工作是多数金融专业毕业生的首选。前段去某著名大学跟同学交流,有位小朋友说能跟劳哥混是我等的终极梦想,听得我浑身起鸡皮疙瘩满脸憨笑。但客观分析,他说的也未必是阿谀之词。金融专业毕业选择中,在诸多金融机构中，相比商业银行、基金信托等，投资银行应该是首选，投行中头部"三中一华"[①]肯定是被追逐的目标。

再往下分析，诸如薪酬待遇、工作氛围、细分领域强弱等，头部券商也是各有所长。所以，经过仔细分析后得出结论，原来自己处于金字塔塔尖啊。看来工作中那些痛苦迷茫和不自信，确实有点多余，瞬间感觉得意起来，努力寻找传说中那种高处不胜寒！

投行是份好职业吗？当然！

我曾经说过，对工作好坏的评价核心有几点：一是要看这份工作所在行业是否在良性的发展趋势中；二是要看看工作中是否与优秀的人为伍，无论是客户还是同事；三是工作能否带来自我成就，无论是自身客观的成长还是主观的认同；四是能否赚到养家糊口体面生活的钱。

很显然，投行工作几乎满足上面诸项标准，尤其是投行接触的人与事都貌似高端，与优秀的人为伍会有很多收获，所谓"鸟随鸾凤飞腾远"就是这个道理。还有投行工作面对的行业和项目各有不同，比起流水线的工作可能不会特别枯燥（当然低职级小朋友复印底稿除外），尤其是并购交易，充满了博弈与趣味。

---

① 注：指国内头部券商，即中信证券、中信建投证券、中金公司以及华泰联合证券。

另外，投行工作不需要承担最终极的压力，虽然奔波辛苦要承受各种压力不假，比如来自监管、客户和领导的压力等。记得曾经与客户吐槽说压力大时遭遇明显不屑，客户笑着说，真正的压力有两个特征，一是没有选择，二是决定生死。对比创业或者实业经营而言，投行所谓的压力就是项目成败和奖金高低，这不算压力，应该算甜蜜的烦恼。想想也不无道理。

从上面分析，投行确实是不错的职业，尤其是针对普通人家的孩子，是知识改变命运，能够从底层逆袭成为中产的不错途径，在没有背景不掌握资源的情况下，也能维系家人体面的生活。但也没有必要把投行工作过度神化，投行本质是金融服务行业，是通过劳动服务来成就别人的，本质上跟五星级酒店服务员和高档社区的管家没太大区别。

投行作为服务的乙方，是非常辛苦和被动的。比如，经常忙碌出差全国到处飞，有人说投行非常重要，被各种需要。其实我不是这样看的，之所以忙碌是因为要照顾到客户的时间，从这个角度看，真正重要的是客户而不是投行，要是某天客户到处围着投行跑，那投行才是真的重要了。

投行受人之托做的都是貌似"高大上"的重要事情，对于时间表的要求很高。所以投行人工作都是没日没夜的，尤其是对于做基础工作的小朋友，同时兼顾几个项目，加班熬夜、没有休息日，都是再正常不过的事情。而且，与优秀的人为伍也意味着竞争很激烈，稍微不留神可能就落后。必须要有强大的心理和健康的身体才能胜任，经常有小朋友因为不堪劳苦与压力，要么离开，要么身体出现问题。有的家长看到这种工作状态被吓坏了，怂恿孩子辞职改行，感觉这种付出"人间不值得"。

投行有很多光鲜之处，包括衣着光鲜，各种出差住宿等有不错的标准。但这些都是为了与客户的档次匹配而设定的，好比五星级酒店服务人员也必须西装革履。正装制服这东西看上去体面，本质上传递的是服从，就是为了传递专业与严谨而让自己被约束。从这个角度，尤其对年轻人而言，容易放大投行的"高大上"而忘记服务行业的本质。尤其跟服务的客户企业相比，投行并不掌握资源，掌握的是牌照与专业服务，而这些都是可以明码标价的。

所以，投行就是份不错的工作，适合普通人家孩子，投行人也是离不普通人很近的普通人，不能妄自菲薄，但也别自命不凡。

在校生应如何面对投行实习？

实习差不多是每个应届生都需要面对的，是从学校到工作岗位的过渡。在实习过程中能够对未来工作有个初步的认识，好的实习机会和过程对于工作技能积累，乃至后续择业都会有所帮助。这对于毕业生而言，差不多是可以与写论文能够相提并论的头等大事了。

在校学生缺乏对工作实践的认知，通常也是带着各种懵懂来看待实习。要么网上胡乱搜下攻略技巧，要么求助于同学、师兄师姐，面对实习的诸多事宜也是有各种疑惑。诸如要在什么时点开始实习，当实习跟功课有冲突时如何选择，怎样才能有机会进入心仪的机构，实习最重要的目的到底是啥，如何能够获得留用的机会，等等。

跟大家聊几句，未必正确和全面。

作为投行机构，我们每年都接收大量的在校生来实习，多数是名校的硕士研究生，院校诸如清华、北大和常青藤等，这些孩子都相当优秀，自然不必说。目前内卷那是相当之严重，在校学生的学习积累和我们当年不能同日而语，很多专业基础扎实，外语流利，甚至PPT都做得有模有样。当然实习主要做些基础的工作，比如搜集资料、整理底稿，做项目中的数据支持，还有就是给项目组跑跑腿、订盒饭等。

实习最重要的是什么？有人认为是优质的实习机会，到哪个平台与啥样的人为伍，这是外部前提条件。但我认为，对实习的认知和态度可能更重要，否则再好的机会也没啥意义。简单说，通过实习你想得到什么？这点每个人差异真的很大，这种认知选择可能会决定人整个职业路径的顺利与否。

先聊下，实习能在怎样的程度上决定人生？

我认为实习固然会带来技能的积累和提升，这点与学习中的预习很类似，但人生很长，这点提前量并不关键。很难得出结论说，有过几个月实习经历的人，比没有实习经历直接工作的人更优秀。实习不过是人生职业履历中很小的部分，所以也别对此寄予厚望，甚至感觉没有光鲜的实习经历人生就完了，其实没那么严重。

客观而言，我认为实习最大的意义在于后续择业入门的筛选条件积累。这点与上面说的有点矛盾，但这确实是客观存在的。因为目前金融行业就业竞争实在太激烈了，所以就必须设置各种条件门槛，至于这些门槛是否真的有效倒在其次。就好比要求英语六级，不能说过了四级的就干不好投行，但从招聘角度总有工作量的安排，从几万份简历中逐一排查也不现实，那样人力资源部门也没办法干活了。

所以，从这个角度，好的实习经历有点像……学区房，不能让你绝对优秀，但可以让你在条件上适当领先。

若获得了不错的投行实习机会，该如何面对呢？我感觉有些学生以为，只要能在未来自己的求职简历中写上一笔，似乎这段实习就已经功德圆满了。这种观点也不能说错，但我还是想说，能否让实习发挥更好的作用呢，为啥不努力把事干好呢，来都来了。

有人说，你这个糟老头子坏得狠，总想压榨我们这些免费劳动力到极致，想让我们给你们拼命干活，你想得美啊！其实不是的，这个世界就没有啥是白付出的，多数的付出，自己本身也是受益者。无论是工作还是实习，要是简单地感觉多干活就是吃亏，那么我可以断定你的人生注定肤浅。因为你的基础算法决定了你更容易选择以投机的方式来应对人生各种选择。

首先有个建议，实习的次数和长度要安排好，不应该蜻蜓点水积攒实习次数，每次实习最好时间长点，比如两三个月或者以上。我看到有些实习经历只有短短20天不到，可能连周围同事人都没认全就结束了，感觉这不是实习，这是访问啊。如果我是带你实习的老师，这么短时间我可能都不会安排你做啥工作，前后工作交接都不够麻烦的。这么说吧，时间太短的实习除了刷个实习经历骗人骗己外，基本上就是浪费时间。

最好的实习周期是能够经历完整的项目周期，当然这个要求有点高。我记得，在华泰并购部实习最长有超过1年的，这哥们跟着干了好几个完整的项目，虽然因为学校门槛原因没有被留用，但这1年积累的并购项目实操经验也肯定会让他受益。所以，简单的总结是，实习最重要的还是能多看多做多琢磨，对内修炼自己能力，对外积累正向评价。

其次的建议是要认真，有句话叫作，当你凝视深渊时，深渊也在凝视你。每个实习生的日常都是在考试过程中，每次提交工作都会有人默默给你打分，周围人都在很认真地考察和评价你。所以呢，不要认为自己那么微不足道，没准你经常成为投行大哥大姐茶余饭后的话题，被品头论足呢。我原来做部门负责人时，经常打听实习生有哪些不错，哪些不咋地，这些都会有评判机制。

通过实习表现，有些人已经明确被留用了，而有些人已经确定不会要。你想想，若项目组经常说，某个小孩真不错啊，交给的活都干得很漂亮，承担了项目组不少工作量，劳哥校招时候必须跟人力建议把他留下来，否则后续项目延续都会有麻烦。想想，这样的实习生会发愁工作难找吗？

另外，避免对工作的内容做评价，简单地说，别挑活儿。毕竟实习生要做很多基础工作，就是传说中的脏活儿累活儿。有些人内心非常排斥，感觉我清北金融硕士毕业生就让我干这个，不是整理底稿就是围着复印机转，劳哥你去跟客户谈判时候能否带着我啊，我参加过校园辩论赛，凭借我的口才，应该可以成为你的左膀右臂。这就想得有点多了。

其实，不同的工作就是分工不同而已，很多基础工作也同样有价值。有些实习生通过整理底稿会有很多总结和思考，琢磨每页纸存在的意义与价值。甚至还通过自己设计的程序来提升工作效率。人生就是这样，从爬到走再到跑和跳，哪个程序都少不了。另外，通过实习也会对投行工作节奏和强度有认知，有些人承担压力能力确实不强，家境也不错，确实也会感觉投行这工作不值得，这也正常，也算实习的收获。

还有些实习生比较关注被留用的可能，现在就业压力比较大，这些都可以理解。我记得曾经有实习生报到后就跑到我办公室问：劳总，你认为我留用的可能大吗？我说这个不好说啊，为啥要问这个？这孩子说，要是能留用我就好好实习，要是机会不大，给我个实习证明我就撤了，去那些有可能留用的机构好好实习……我都被气乐了，说能否留用跟你实习的表现也有关系啊,这本身就是鸡和蛋的关系。

其实呢,很多时候是过程决定了结果,而不是相反。

老板为何喜欢用小人？

很多企业老板特别喜欢用小人，就是那种明眼看起来品行就不太阳光的人。之前有位投行的哥们投奔了甲方，没过多久就辞职了，感觉企业中小人横行，自己的专业技能似乎并不能完全取得老板赏识，惹了满肚子怨气。

喜欢用小人的老板很常见，甚至是相当普遍，这现象背后是什么原因呢？我也曾非常不理解，认为有些老板对人没有判断能力，后来与比较熟悉的客户沟通过这个问题，也逐渐对此有了新的理解。

确实人的能力、品行会有差异，但是，不同类型的人也有不同功能，企业需要君子，当然也需要小人，能接纳和用好不同的人，也是企业家的基本能力。

简单说，用好君子是本事，用好小人是艺术。

首先，小人能够带来情绪价值。小人能够察言观色、投其所好，让老板时刻如沐春风。客户说得很好，我企业做得这么大，赚了那么多钱，我追求点内心愉悦，这很过分吗，我也想开心每一天。你想，那么多人每天说"老板你真光明伟岸正确，你就是人间翘楚、我们的明灯，你才华和颜值兼备"，等等，这是多爽的事情啊。

想想也是，千穿万穿，马屁不穿啊。

其次，小人比较安全可控。君子喻于义，小人喻于利。老板知道小人想要啥，且自己也有能力满足，相对而言，小人还是安全可控的。另外，小人能力有限，有很强的依附性，就算离开也不会让企业伤筋动骨。但所谓君子，他们有自己独立的价值体系，而且可能志向远大、有着当老板的心，转身就可能成为企业的竞争对手，这反而是企业最不稳定的因素。

小人特别像苍蝇，给点腐肉就能打发，相对简单。

当然，小人也会有各种利益导向的贪腐行为，对于这些老板到底怎么看呢？记得有个地产老板谈自己的采购人员吃回扣的事，他说这是游戏规则，很难杜绝，他们有点灰色收入，我也不需要给太高工资，相当于供应商帮我养人给我干活，也挺好。另外，最关键的是，不让他们拿回扣采购成本也降不下来，这部分利益本来也不是我的，公司利润也足够高，大家都能各得其所，挺好。

水至清则无鱼，就是这个道理。

再次，小人也有特殊用途。有个成语"鸡鸣狗盗"，大概就是这个意思。老板在企业中有很多很有必要但是不是特别体面的事，这时候小人就是很给力的工具了。比如，偷偷去泡个妞啥的，还有就是内部通风报信和充当黑脸爪牙啥的，这些脏活儿也需要有人来安排去做啊。

就好比古代皇帝重用奸臣，有些皇帝的想法还是希望通过他们的嘴说出来啊。比如，想扩充后宫佳丽的规模怎么办呢？这时候奸臣就跳出来了，说皇族旺盛国家才能安康啊，然后皇帝就借坡下驴了。这事指望魏徵和包拯这类型的忠臣，那肯定不行啊。

听客户介绍了这么多，我提出了个疑问。小人虽然有这么多可用之处，但是确实能力弱啊，这个短板又怎么解决呢？客户想了想说，对于多数老板而言，他们认为自己有能力就足够了，下面人听话就好。所以呢，根本就不需要补这个短板。

我感觉他说得挺对，但同时感叹给君子留的空间太少了，听起来不太公平。

客户笑着说，其实呢，把人分为小人和君子本来就不太科学，他们之间也没有明显的界限。通常而言，很多人会认为自己是君子，跟自己不同的就是小人。但客观而言，多数人是介于小人和君子之间的芸芸众生。

有道理！

富二代也有烦恼吗？

有个朋友，他应该算标准的富二代，在多数人眼里他爽得很，不担心贫穷和被人忽视，不用担心失业、找不到媳妇，不用背负房贷等。总之，妥妥的人生赢家。似乎他来到这个世界上，除了享受人间的荣华富贵外，也没有啥苦可以受，人生时刻都是高光时刻。

其实，人生很复杂的，没那么简单。

他说，他最不爽的就是自己的禀赋和努力会被人忽视，某种程度上对他也是不公平。比如，他曾经高分考上了本地的重点高中，但几乎所有人都不相信。他书法也曾经获过奖，但大家都认为他家给了赞助，类似场景在他人生中会有很多。

又如，谈恋爱。按道理说，他很帅，教养也不错，还有钱，在学校是典型的高富帅。但客观而言，很多女孩会因为他的家庭而不愿接近他，而那些刻意接近的呢，他也不敢招惹。而且家里特别关注他的情感生活，几乎每个走近他的女孩，家里都要当作未来儿媳妇来考察，就差动用私家侦探了。

本来很简单的暧昧勾搭，都搞得跟"选妃"似的，用他自己的话讲，没对爱情和婚姻失去期待已经算很幸运了。

还有就是择业，每个同学毕业后都怀揣梦想规划自己的人生。但是他呢，只能回家参与到企业中。你说喜欢吗，也不能算喜欢，你说讨厌么也不能说讨厌，这就是他的宿命。当然，也有很多人坚定不接班的，可能基于能力，也可能不感兴趣。在他看来，那更多是勇气。

他现在是家族企业中很多公司的法定代表人，不停地出席各种董事会和汇报会。但他依然没有参与实质性的管理，整个家族企业还在他父亲的掌控中。他像个时刻准备继承王位的太子，但更多的是个旁观者。他需要不停地在各种文件上签字，反正签的啥也不清楚。

我有疑惑，为啥不让你介入实质性管理呢？

他说主要是老爸不信任他，认为他太稚嫩，不具备这个能力，他已经四十出头了，他很多创业的同学已经在市场上征战多年。不给他机会他无法历练，无法历练就很难提升能力，这样就进入另外的循环，确实有点尴尬。

或许，父亲的担心也有道理，但他认为，本质上人还是有权力欲望的,尤其对于拥有着权力的人,让他真正放弃确实挺难的。执掌江山的感觉这么好,怎么能轻易放弃呢?

他也有他自己的不满,面对父亲和家族。

我听了也挺有感慨的,因为我们离得远,很难看到真相。"人生是一袭华丽的袍,里面爬满了虱子。"但怎么说呢,比起普通人,他还是幸运多了,看在钱的份儿上人生也值了。

他说,我没啥感觉,因为出生就这样。

功课与实习，如何取舍？

有人在网上向我提问："劳叔，学生时代应该刷实习经历，还是应该好好学习？"说实话这个问题挺让我为难的，我想了挺久都没有回答，因为对答案也略有纠结。

从学习角度，我认为大学多数的具体知识，其实对于工作后的实务作用非常有限。但是学生时代学习知识的背后，应该是面对当下问题和任务的态度。说得直白点，什么阶段干什么事，而且把它干好，这是种人生态度。

另外说说实习，我不认为实习对后续工作的支撑作用有多强。从来没有实习过的人和有很丰富实习经验的人，从后续工作长期表现来看，没有啥本质差异。人生像马拉松，起步快与慢没有想象中那么重要。

但实习并非没有作用，我认为，它可以在现有竞争格局下提高被筛选中的概率。因为目前求职竞争挺激烈的，所以，有很好的实习经历会让简历更丰富，而形成对比优势。简单说，实习经历不会让你后续变得更优秀，但会让被录取的概率更大，它会解决门槛问题。

另外，我注意到问题中用了个"刷"字，我不太喜欢这个词。因为实习对找工作有帮助，有些人会技术性迎合，刷实习经历。这不能说不对，我想说除了有实习经历还需要多思考和多干活儿，这样既有很好的实习经历，也有很好的积累。刷实习经历透着某种投机心理和利用信息不对称来牟利，这可能会让人误入歧途。

这么讲吧，单纯为了找工作刷实习经历的人，后续也特别容易刷工作简历，频繁地跳槽，用之前光鲜的工作经历来骗得下次的工作，但真正能力和技能的积累非常有限。这看似是技巧，其实是人生的投机态度，不能说没用，只能说我不赞同。

我在面试时，就面试者的实习经历，曾经有两个小事印象挺深的。

有个小朋友曾在某券商并购部实习，我说我认识他们并购部负责人，你说说那个人、那个项目。对方支支吾吾说不出来，那叫神色慌张啊。很明显要么实习经历是编的，要么就是蜻蜓点水。还有个小朋友实习经历很特别，学金融的，但在国外NGO（非政府组织）机构和红酒庄园实习很久，跟面试官说抱歉实习经历有点杂，然后给我们讲了很多实习时候的感受和趣事，中间有很多自己的思考和总结，让我们也感觉挺有收获。

后来，她被录取了，现在在华泰干得也不错。

说了这么多，我的观点是实习也是种学习，二者本质区别不大。但希望你能够认真面对当下，适当对未来统筹。在没有实习时多看看书，不局限于本专业书籍。实习时，就认真实习，多干活多思考，在基本技能和体会上能有所积累，不要以太多技巧面对人生。我深知年轻人找工作的压力和各种挣扎，但内心也有种期望，不愿看到影响人生走向的习惯性投机。

怎么才能把课讲得精彩?

做投行并购这么多年,除了日常做项目以外,跟工作联系最为紧密的事就是讲课。都说投行到最后都是表达者,都是"口力劳动者",这点确实不假。要给客户出主意,同时也要为自己吹牛,出活儿全靠这张嘴了。

讲课这事,核心两点,为啥要去讲,如何讲得好?

客观而言,讲课是投行最有效的营销方式,没有之一。这点跟医生很像,有句俗语叫"医生不敲门",如果某个医生背着药箱上门自我介绍,我是名外科大夫,你家有人需要做阑尾切除或者结扎手术吗,我很在行的,动作麻利,一点都不疼……我曾经主动拜访过很多客户,但客观而言,效果不好。客户都很客气但基本都在应付你,很好很不错,希望能够多合作,但真正有业务机会的时候,根本想不起来你。

道理很简单,没有差异化的营销其实是没有意义的,上赶着不是买卖,看你殷勤无比贼眉鼠眼的样子,心里就有些烦。

但讲课的营销效果很好。当然,能走上讲台本身也是能力的体现。所以讲课会进入很有效的正循环。就是你很专业,所以讲得不错被人记住,然后你的业务机会就会增加,进而增强你的业务能力和行业地位。

隔着讲桌,讲课让彼此变成了师生关系,而老师的身份无形中会增加授课者的权威性。另外,讲课是单边输出,作为演讲者我咋讲你都要听着,受制于环境你很难有表达不同意见的机会,听课人变成了被动的信息接受者。这么说吧,我怎么吹牛你都不会当场打断,对不?

还有讲课是一对多,如果受众都是潜在的客户,这种方式确实很有沟通效率。在遇到跟并购相关问题的时候,首先会想到你。这样的效果会比登门拜访好很多,关键是有点姜太公的悠然,而夹着包上门的就有点收电费似的灰头土脸,脸上都是不自信的谄媚,笑得满脸褶子。

还有,如果长年累月地讲,就相当于不断地向市场传递个信号:我们很强,我们很直溜儿,欧耶!这种信号会深入人心,当然前提是专业与服务确实不掉链子。尽管讲课讲多了也很烦,但还在坚持,主要是想营造个效果,让市场提并购就想到你,看不到其他人的存在。

当然了，讲课还可以锻炼人的表达和归纳能力。要讲给别人听，自己要有更深更系统的理解，最终受益最大的是自己。另外也获得些名利的副产品，啥北大清华社科院的特聘人员，反正吹牛肯定管用，同时还有点讲课费赚，也挺好的。

除服务营销外，我偶尔也去高校给学生讲点儿，希望能带给在校学生来自市场最前沿的东西。我记得当年自己上学时，也对校外实务性强的讲座印象很深。没准自己的某句话或观点可以对年轻人有所启发呢。

那么如何能把课讲好呢？

说句心里话，没有谁天生擅长这事，人通常缺乏在众多人面前讲话的经验。所以，克服紧张情绪很不容易。能够讲得好，需要经验也需要总结。

从性格而言，我自己是有点腼腆害羞的类型（看不出来吧），从小到大都对在众人面前表达充满了窘迫与恐惧。在成长的过程中，意外发现了自己两项技能，讲课是其一，其二就是写东西。

客观而言，讲课这事有个学习和适应的过程，现在不能说讲得如何好，但开始讲得真的很差。我琢磨如何提高，开始请教讲课经验丰富的人，尤其是口才好的人。

做老师的同学给了我几点建议，感觉挺受用的。首先，必须要对所讲内容绝对熟悉，避免因为生疏造成紧张。克服了紧张就成功了大半；其次，必须有沟通的欲望，而不要机械地完成程序，尤其要与学员有眼神交流。记住，谁好看就盯着谁的眼睛看，爱咋咋地；最后，幽默最关键，如果课讲得欢乐，效果肯定会好，其实没多少人有求知欲，但所有人都不会拒绝欢笑。随着时间推移，能留下的就是那么几个段子。唉，肤浅的人类……

我爹也给了点建议，他说我口齿不干净，各种口头碎语太多，建议我听一下单田芳的评书。估计，在我爹的世界里，单田芳是表达能力最强的人了。于是我听了几段评书《白眉大侠》，我发现单老先生说话真干净，几乎没有任何一个字是多余的。

于是，我开始尝试平静下来，放慢语速进行表达，注意克服啰唆的口头语。尽管到今天也没有完全杜绝，但确实有所改进。另外，我发现有时语句会重复，总担心别人听不清楚。其实这种担心是多余的，理解力强的说半句都懂，理解力差的重复十遍也没用。

另外，说到幽默和搞笑这点，我还算有点基础。很多并购案例围绕谈判博弈，本身都是自带冲突的，故事性和趣味性都非常不错。尤其有时候也略做夸张与虚构，能说明问题，还能活跃气氛。当然，自己浓郁的东北口音也起到了些作用。

有时候在讲课前，我也会听别的老师的课。说心里话，有趣有料能讲得好的少之又少。多数老师以沉闷开头以乏味结束，学员全程都在精神溜号。当他说讲完了谢谢时，掌声响起来，似乎不是因为精彩，可能仅仅是欢送……

听别人讲课主要是为了扬长避短，我发现必须阶段性有包袱，牵引着大家的注意力。否则不超过几分钟，很多人就开始走神了。另外，大家不愿听知识点，更愿意听故事或者归纳出来的观点，偏激和犀利都不怕，就怕没有主见。从这点而言，讲课也并非完全是表达技巧，也是思考总结丰富自己的结果。

总结下，对内容熟悉，心态放松，放慢语速唠家常，有点段子活跃气氛，最后还能有点自己的见解，总体讲课效果就基本能保证。其实我自己也依然在改进中，小小经验，希望也能给他人些许启示。

还有一点也很重要，就是努力做好自己，对最终结果不用患得患失。最坏结果就是讲不好。想想其实也没啥，讲得差的多了去了，也不差你一个。没准你不那么在意，就有了意外之喜。

高校教授为啥不好合作?

朋友来喝茶，说准备要投资与某大学教授合作，科研成果落地产业化云云，言语间充满了期待和兴奋。我听了后，想要劝人渡人的老毛病又犯了，吧啦吧啦好顿泼冷水。

我劝他慎重，教授群体不好合作。

有时候科研和产业化完全是两回事。投资的逻辑是为了赚钱，而科研有时候是为了形成论文和获取经费，所以要避免纸上谈兵，这是大前提。

因为学校环境有特殊性，跟商业社会不一样，教授这个群体不需要合作就能取得成就，所以自私自我不愿分享的可能性就相对更大。而且，一些人带领学生做项目，特别习惯作为带头人摘果子，形成思维惯性是，只要我参加的，所有成果都是我的，其他人别跟我谈付出和回报，能参与就是你们的福分。

自古师徒关系不好相处，大概也有类似的逻辑。

另外，学校里小社会环境也有些特殊。里面闲人不少，职位、职称和经费等，充满了竞争和存量零和博弈。这种环境里面没有啥大钱，所以，在利益取舍上也很难形成大格局。当然，有些大师级别的或者热衷学术的很有风骨，但毕竟不占多数。

无论学识高与低，大多数人也都是俗人。

教授经常讲课做观点输出，其实有些观点未必是严谨客观的。但是面对的听众要么是学生小白，要么是迷信权威的外行，久而久之，容易形成过度自信，认为自己掌握的东西很高端和绝对正确，容易钻牛角尖，自我纠错能力不强，这其实有点危险。

据说有数据统计，教授创业不太容易，有个很重要的点是他们总有退路，大不了还可以回学校教书。有点像取经路上的八戒，遇到困难就想分行李回高老庄，这点跟很多草根拼命是有很大区别的。

朋友听了觉得有道理，遂决定……以后再也不找我聊天了。

修拉锁

周末在家,电话会里有个不大不小的并购在讨论。临近尾声让我总结下,我从交易的战略高度作了阐述,大概的意思就是这次是难得的契机,双方除了静态的条件博弈外,更重要的是要看未来协同增量等。电话里双方都表示赞同,客户表扬我的观点有高度。

电话会愉快地顺利结束。

这时老婆过来说,女儿校服拉锁坏了,让我拿去修下,地址在附近某个购物广场的二楼。我答应了,从门口小板凳上拿起校服,然后下楼步行前往。

很快到地方了,机台上有个中年男师傅正在忙碌。我说师傅修个拉锁,他接过衣服查看了下说,明天来取。我说可以,然后转身就走,出了门后想起应该问价格,于是问:"师傅,需要多少钱?"

"50!"

我程序性地点了下头后就回去了。路上溜达着,各种看热闹,甚至几个路口都错过了绿灯,在北小河边上有大妈跳广场舞,路过时也象征性跟着比画了几下。天逐渐黑了,我也进了家门。

老婆:衣服呢?

我:放那儿修呢,明天过去取……

老婆:不就是换个拉锁头吗,还至于这么费劲啊?

我:啊,我理解是换整条拉锁!

老婆:你行不行啊,换个拉锁头就可以,你办点啥事怎么都不让人放心呢?

我:我说呢,要收我50元……

老婆:你有病啊,新校服才50元,上次咱妈换过拉锁头才5元。

我:那……怎么办呢?

老婆:你赶紧回去说下,别已经给拉锁都扯下来了,那损失就大了……

瞬间,我感觉到了事情的严重性,赶紧穿鞋就往出跑,这时老婆追出来把车钥匙递过来。我赶紧去开车,然后一路猛踩油门,很快就又来到了目的地。停下车后小跑着上楼,当我气喘吁吁地顺利抵达时,却发现门已经锁了。

我瞬间有点沮丧,还好门上有联系电话。打通后解释了下，对方表示听懂了，然后修改了报价说，换拉锁头是20元。我说不对啊，孩子姥姥曾经换过才5元。对方说不可能这个价格，连成本都不能"cover"（覆盖）。我居然在裁缝这里听到了英文，瞬间感觉彼此都是有文化的人，也就放弃了砍价的念头。

还好，他主动降到了15元，说不能再低了。我也爽快地说成交！

回家路上卖家客户又打来电话，说并购出售的价格目前还有5000万元的差异，这个价格是绝对不能接受的。我说，买要谨慎，卖要坚决！你既然都决定要出售了，多卖5000万元还是少卖5000万元，没有啥本质的区别。都是在资本市场上混的，不能因为某些战术层面的利益而影响了战略层面的选择。我声音响亮地使用了个成语："小不忍则乱大谋！"

放下电话内心依然忐忑，拉锁是不是修贵了！

六

我是大人物

我是大人物

有时候我回老家,也会有个切换或者适应的过程,尽管那是我出生和长大的地方,但是因为这么多年在北京工作生活,无论是环境还是习惯都会有很多不同。作为土生土长的东北人回到家乡,甚至有时候也会有"入乡随俗"的错。

好在这个环境中有我姐,有时候会提醒我。

某次我回家提着行李进家门,环顾四周的时候,全家人都在给我准备饭菜,我发现厨房里姐夫身旁有个人在切菜,似乎是我小时候邻居家的小孩。因为旅途也有些疲惫,我直接甩掉鞋子靠沙发上坐下来,摆出饭来张口的状态,也没有想太多。

这时,姐走过来低声对我说,厨房里是村里小刘,你还记得么，刚才过来给我送了点自己种的菜，然后自告奋勇顺手帮忙切几刀菜，他之前学过几天厨师。我说，哦，我记得他，小时候挺瘦，流着鼻涕，现在都这么大了。我姐接着说，你去打个招呼啊，别显得大咧咧的，好像看不起人似的，赶紧的！

我突然意识到了。

我赶紧跑到厨房里，小刘看到我脸都红了，嘴角微微动了几下没说出话来，满脸的拘谨和害羞。我过去拍了下他肩膀说："你这小子可以啊，还有这两下子，刀功看着还真挺专业……"他听着笑了，明显脸上舒展了很多，轻声叫了声："明哥……"我靠在厨房门旁，东一句西一句地跟着闲扯小时候的往事，气氛逐渐变得轻松很多。他依旧腼腆地说："明哥记性真好，我还以为根本不记得我呢……"

当菜都摆在桌上时，我们留他坐下来吃饭，他说啥也不留，在我们连拉带拽中开门就跑了，我追出房门去又被推了回来，我们也不好再勉强。

饭桌上继续聊天，姐说小刘现在也成家有了孩子，目前村里人多数在镇上买了房子，像他这个年纪的人留守在村里的不多了。他目前靠做点手工活来维持生活，日子也过得紧紧巴巴，你偶尔邮寄回来的旧衣服我也会给他几件，每次他都特别高兴，然后家里种的菜也总往我这搬，刚才还给我拿过来几个倭瓜，我想不要都不行。

我点头，原来村里那些小孩子也都到了中年，上有老下有小，成了家里的经济支柱，生活也各有各的难处。

姐说是啊，你不经常回来，在这些小孩眼里你算大人物。尤其是自己过得不算太好，内心会敏感脆弱，你有些细节照顾不到会给人误解你趾高气扬目中无人，可能你完全没有啥感觉，但是他们可能就会受到伤害。你看你跟他说几句话，他就会很开心，所以这些你要有概念，你也有义务去照顾他们的感受。

我边吃边点头，原来我是大人物，不说还真不知道！

怀念母亲

写过很多回忆往事的文字，唯独没有写过母亲，这块算自己心里的痛处，不大愿意提及。母亲去世时我还小，很多点滴经历过岁月也略感模糊。每到母亲节或者自己生日的时候，还是会想起她，也会努力回忆起她的样子。时间确实是治愈伤痛的良药，现在回忆起她来，平静和温馨已经代替了悲伤。

有时候心里也有遗憾，母亲只陪自己走了八年，前五年是几乎不记事的孩提时期，能留下的多是些生活的点滴碎片。母亲身体一直不太好，我还保留她咳血及后来住院治疗的记忆，然而母亲倒是生性豁达，总是笑着说自己哪天死了云云，我每次听见了都会偷偷落泪，然后被她搂在怀里边抚慰边嘲笑。

说实话，我并不记得母亲的生卒年月日，后来询问姐姐，又通过万年历查询才知道，母亲生于1950年3月10日，而去世于1986年1月5日。之前我只知道母亲走时才三十五岁，用现在话说也是风华正茂的年纪，那时我姐姐十岁而我才八岁，如今我们都已经为人父母，越发能理解她走时对子女的不舍，内心悲悯顿生。

关于母亲的很多信息多是从老辈亲戚口中得来的。据说年轻时的母亲以聪明美丽而闻名，也经常有人说我遗传了母亲的智商。她精通裁剪，是个闻名乡里的裁缝，据说她当年因为承担不起学费只上了不到十天的学习班，但丝毫没有影响她的专业技术水准。记得每到过年的时候，家里总是挤满做衣服的人，母亲总是面带微笑有条不紊地忙碌着。

母亲文化水平不高，只上过两年半的学，但通过自学几乎认识所有的字，看过四大名著，经常给我讲里面的故事，用朴素的语言教我很多道理。印象中好像有几点，比如要诚实守信、不贪便宜，头脑智慧远比武力强等，还说过是非和利益的关系来着，大概意思就跟"君子喻于义，小人喻于利"类似。虽然她是农村的家庭妇女，但也不妨碍给了我们一些关于人生观的启蒙教育。

母亲虽然聪明漂亮，但腿有残疾。据说是当年得了骨结核，以当时的医疗条件而言，这种病还是挺难治疗的，因此两条腿的长短不同，我甚至能记起她走路蹒跚的样子。也正是因为母亲有残疾，才会嫁给我父亲，才会有我和姐姐来到这个世界。若干年后，我长大定居北京并生活好转后，无意中听说可以用手术的方式调整腿的长短，我当时不禁想起母亲，要是她还活着多好，没准也有机会尝试手术，没准也能正常地走路而无须理会别人异样的眼光，唉！

母亲走后的生活确实有些艰难，没有母爱呵护的孩子敏感脆弱，在那个困难的年代也过早地体会到人间的冷暖。所庆幸的是，我跟姐姐成长得还不错，身心也都还健康。年少的种种艰辛反而成了种锤炼，让我们更早地懂事。母亲离去给我最大的感触是，人生有些遗憾是无法弥补只能承受的。后来自己逐渐长大，在众人瞩目中考上大学来到北京，最终工作买房成家生娃。这么多年，心中最大遗憾是母亲没有机会见证自己的成长。都说子女是父母最好的作品，原本自己的成长可以带给她很多荣耀和幸福的，但是她没有办法亲历其中，我只能相信她九泉之下也能感知了。

每年回去都会上坟烧纸，烟雾缭绕中，凝望着荒野间的那抔黄土，有时真不敢相信里面长眠的就是生养自己的人。偶尔在周围拔拔草和添点新土都感觉到温馨幸福。想想每个人都因为父精母血来到这个世界，到最后都会化作尘土，无论怎样的至亲至爱,都是阶段性的缘分……

尽管我与母亲在尘世间的缘分不长,但也不影响她在我心中的分量,若干年后我们还会在另外的世界相聚,但愿还能记得彼此的样子。

我的父亲

爹出生于 1941 年，跟同龄人的父亲相比，我爹明显年龄要大些，因为他年轻时候条件不好，找对象困难。我妈年轻时以貌美和聪颖而闻名，但身体柔弱多病且腿脚有残疾，所以才让我爹捡了"便宜"。妈跟我们的缘分只有短暂的十多年，她就去了另外的世界。现在提及妈时，我爹早已是欣慰替代了悲伤，认为娶了妈妈是他这辈子最光辉正确的选择，给了全家基因意外"改良"的机会。

爹是个靠手艺和力气吃饭的泥瓦匠，我从小对他的印象就是早出晚归，每天回来都是满身的疲惫，头发永远沾满了尘土。再有就是我晚上熟睡时，经常被他伸进被窝抚摸我的那双粗糙大手弄醒，同时伴随着憨厚的笑声。可以想象在那个年代，生活有多么艰辛，尤其是母亲已故，姐姐和我尚小，但他始终那么乐观和坚忍。只有我生病发烧的时候，才听见他少有的叹气声。

他文化水平不高，仅仅读过几年小学，普通得就像沙漠中的一粒沙子。我曾经在年少叛逆的时候很看不上他，认为他厚道老实、宁愿吃亏是懦弱的表现，甚至因为他不够光鲜、不够年轻，会带给自己窘迫和不安，非常抵触他去学校里面看我。但是随着自己逐渐地长大和懂事，对他给了自己生命，在艰苦的条件下将我养大抱有深深的感恩之情，另外，对他充满了正能量和质朴智慧也由衷认可，他逐渐成了我的主心骨，催我奋进，教我自省。

记得当年，刚刚从法院辞职转做金融行业，因为所有要从零学起，工作压力很大，待遇也勉强得以糊口。偶尔会向父亲诉苦，感觉自己在单位里面薪水最低却承担很多工作，总是质疑自己受到了不公平的对待。

爹听了后，并未替我感觉到不平，甚至没有给我所期待的安慰。他平静地纠正了我的观点，说干活多拿钱少这事虽然看着像吃亏，但这种状态意味着安全和持久，若你拿钱多干活少，那这种占便宜只能是暂时的。另外，能者多劳有利于业务能力的积累和信心树立，多吃点苦最后收获最大的还是自己。

爹的话让我醍醐灌顶，听得满身鸡皮疙瘩，这席话几乎奠定了我对于工作和人生的态度，在工作中无论有多难都视为对自己的磨炼和积累，能吃亏有担当，意在长久。

现在我也经常用这个观点来跟新人交流，用以消除他们的彷徨和浮躁。仔细想想，人生的逆与顺或者得与失，其实跟角度和高度有关。

后来，我在北京买了属于自己的房子，装修完毕后把爹从老家接来住了几日，主要是让他看看新房子哄他高兴下。爹背着手转来转去面带微笑，凭借他泥瓦匠的技术功底对每处装修进行了专业点评。在临走的时候他跟我说，房子不错，比他想象的要好很多，不过呢，钱多了也没啥用。

我当时感觉父亲这话很突兀，让人无法理解。父亲看我疑惑继续解释，你现在房子问题解决了，工作状况也挺好的。其实再赚多钱无非就是换个更大的房子，买档次更高的车而已。这些都是改善性的需求了，人要努力同时也要知足，尤其不可为了赚钱去冒啥风险或伤身体。

我听了挺有感触，明白他要表达的意思，尽管他不知道什么边际效用递减，不会准确地跟我交流如何理性面对物质欲望，但是他很简单的言语传递着他对生活的理解。他非常清楚何时鼓励我吃苦奋斗，何时需要踩脚刹车，提醒我对物质欲望的克制。这席话也引发了我对生活终极意义的思考，在追求物质条件的过程中努力但不苛求。

后来自己娶妻生女也做了父亲，更深地体会到了父亲二字的寓意。随着他年龄逐渐大了，自己内心越发地对他牵挂甚至是依赖，对当年他那些不够入流的言语，也逐渐地能够接受。每到节假日都想回去，跟他交流是件令我期待且享受的事情。他会从他的角度给我很多关于人生的建议。

那时候，爹还住在村里，考虑到当时孩子小，东北农村很冷，前几年春节，我都是去了岳父岳母家过年，我深知他逢年过节对我很想念，但是他也从来没有过半句怨言。他一如既往地厚道大度甚至忘我，经常叮嘱我在对双方老人的态度上，要大力对岳父岳母多多倾斜。因为我是他亲生的，薄厚没关系，是改变不了的血脉相连。对媳妇娘家要多付出，事情做满，面子给足，钱上的事情千万别计较，等等。另外嘱咐我，结婚后只有跟媳妇一条心，心系小家"背叛"老家，才能真正幸福。

这些都让我心里非常地温暖，尤其在看到为平衡双方家庭利益引发种种矛盾的小家庭，在为了过年究竟应该去谁家争吵的夫妻，我心中总是充满了欣慰，同时对父亲的宽厚充满了敬意。

后来我赚了点钱，帮助姐姐和爹在镇上买了房子，他们也结束了在村里的生活。爹住在姐姐楼下，有她照顾，我负责给点生活费，他们生活得平静幸福，几乎从来不给我找麻烦，就是偶尔爹会上来问姐关于我的消息，出差去了哪里，还讲课吗，等等。后来有了网络和智能手机，爹偶尔要求视频看下小孩，过程中高兴得哈哈大笑，甚至手舞足蹈，像个孩子。

这就是我爹,他的爱无处不在,生活中点点滴滴的记录可能疏于文采,也可能天下的父爱彼此都相差不多,本能的流露无须刻意描绘。但是他的眼神意味着故乡的一切,意味着无论你走遍天涯仍摆脱不了的牵挂。他教我时刻心怀感激,对真诚善意持有信仰。他用生命沉淀的质朴经验为我的人生旅途点上灯盏,用他的微笑和爱给我动力,岁月让他腰身不再挺拔,但在我心中他永远不失伟岸。

我的姐姐（上）

姐姐比我大两岁，她从小就非常自立，也继承了母亲坚韧要强的性格。记忆里，母亲身体多病，经常卧床，所以姐姐从小就非常懂事，大概七八岁时就能站着小板凳为全家人做饭了。母亲去世时，姐姐也才刚满十岁，那时候父亲每天忙于生计，早出晚归，家里各种家务都落在了她年幼的身上。

现在想来，十岁的孩子应该是在父母怀里撒娇，而姐姐已经肩负起照顾全家的角色了。简单的饭、洗衣、打扫卫生她早已可以轻松应对，后来居然学会用针线给我们姐弟俩做棉衣，很难想象十来岁的孩子是怎样将布片、针线和棉花缝制起来的。当然，姐姐做的棉衣勉强可以保暖，但质量不好。我记得经常会有裤裆、腋下开线露棉花的场景，为此我还经常被同学取笑。而那时自己确实还小，无法理解姐姐的艰辛，还总因此埋怨姐姐做得不好。长大后回想起来，确实也心存愧疚。

因为从小失去母亲，所以姐姐对我非常之疼爱，某种程度上代替了母亲的角色。姐姐虽然个子不高，待人和善，但在充当我的保护神角色时候，非常地彪悍果断。我记得小时候被村里大孩子欺负，我姐曾手持铁锹给对方耳后留下长长的伤疤，曾经令周围的那些调皮孩子闻风丧胆。

其实，现在我姐性格也还是那样，办事爽快，说话赶趟儿，不向黑恶势力低头，也不受啥欺负，用她自己的话说，她专治各种无赖泼妇滚刀肉。当然，她也从来不欺负弱小，我总感觉她身上有种侠义气派，在她所处的环境中也确实备受认可与尊重。当然，这也是从小生活在失去母亲的家庭中的必备能力。

母亲走后的日子艰辛得难以想象，虽然姐姐能够做些家务，但是毕竟年纪小而且要上学，在那几年里，我们姐弟俩没办法像其他小孩那样正常吃午饭，而只能在学校附近的商店里面买点面包应付。这样的生活坚持到小学毕业，姐姐义无反顾地辍学了。多年以来，姐姐坚持说她当时有厌学情绪，我倒更相信是她已经懂事后的无奈。姐姐不再上学后，家里状况好很多，我们俩过上了有午饭的生活，生活逐渐走向了正轨。

我上初中开始，我姐就以家长身份出席各种家长会，因为她也基本上跟我同学算同龄人，所以每次她的出现都会令其他家长感到奇怪。当然，在了解详细情况后，大家都对姐姐有着无比的敬意。我在初高中阶段也算小镇学霸，每次开家长会姐姐脸上都充满了自豪和满足。在高考时，姐姐也在考场外给我加油，她在众多家长中略微显有些扎眼，因为她是阿毛的姐姐，还有家长专门过来问候递水啥的。她脸上有着与年龄不符的殚精竭虑的表情。

后来我在众望所归中考上了大学，而姐姐也长大了，到了谈婚论嫁的年龄，她经人介绍认识我姐夫。姐夫老家在偏僻山区，条件也很不好，那时农村结婚也开始各种讲究了，村里同龄姑娘都比谁的嫁妆多、谁接亲的汽车档次高等，但是姐姐的婚礼是简单而平静的，就是一台普通的汽车接走了姐姐。我姐的婚礼没有啥排场，也没有啥嫁妆和彩礼，他们结婚后甚至连住房都没有。

后来，我姑姑看着姐姐可怜，就把自己家车库旁边的储物间收拾出来借给她，房间非常狭小且采光不好，但不妨碍姐姐把它收拾得井井有条。我姐把自己赖以谋生的缝纫机搬了进去，还是没日没夜地拼命干活，希望通过自己的努力来改变生活状况。那时候生活虽然不够富裕，但姐姐脸上从来没有缺少过微笑。后来，我外甥出生了，三口之家也其乐融融。而我也大学毕业，开始在法院工作，大家都在努力奔向美好的未来。

姐姐确实是过日子的一把好手，我感觉勤劳节俭这些美德在她身上都具备，她和姐夫结婚几年后逐渐攒了点钱，在村头空地上买了块宅基地，盖了四间大瓦房。我确实挺佩服姐姐的张罗能力的，她还背着孩子跑东跑西，买砖买瓦买砂石，联系瓦匠木匠和力工等。几个月后新房子竣工，在当时村里绝对是宽敞亮丽的顶级豪宅，花费了接近10万元。

可能多数人不能准确理解在2001年的东北农村10万元是个什么概念，这可能是普通农民半辈子的积蓄，但是靠着姐姐的辛劳和节俭，在短短几年内就实现了。房子彻底竣工后，姐姐坐在大门口望着房子若有所思，被晒黑的脸上甚至有了色斑，手上也布满了茧子。她嘴角微微上扬，眼里却含着泪水，或许，只有她自己才知道曾经的艰辛，当然心里还有欣慰。

那年，姐姐也才刚满二十六岁。

我的姐姐（下）

姐的房子虽然算盖好了，但也花掉了她那几年的全部积蓄，而且还欠了些外债。我记得，因为钱不太够，所以没有啥装修和家具，甚至连院墙也没有修建。但姐也还是非常开心满足。房子里外收拾得窗明几净的，院子里种了各种蔬菜瓜果，应有尽有，崭新的东北农家院诞生了。

自从有了新房子后，我感觉姐的气质也发生了很大变化，她虽身材不高，但腰板挺拔，成了乡亲们交口称赞的优秀年轻村民代表。用他们的话讲，老劳家小艳子人家那过日子的派头，杠杠地！我感觉，盖房子是我姐人生的分水岭，也让她更能体会努力改变生活的甜头，无论是客观条件改善，还是外界的评价。

怎么说呢，无论乡村还是城市，房子会给人底气！

日子虽有所起色，但姐继续辛苦工作，每天晚上缝纫机都蹬到挺晚。姐夫也在镇上工厂打工，从干简单的体力活儿到担任工长。他们也逐渐摆脱了生活的困境，没过两年就还清了债务，又攒钱修建了院墙和水井，家里开始添置简单的家具和电器，包括冰箱、洗衣机和电话等。虽然不算村里的富豪，但基本上也算得上中等偏上人家了。

同时期，我也从法院辞职进入到金融行业，东跑西颠，也开阔了眼界。当然收入也逐渐提高。2004年，我在北京贷款买了房子，简单装修后，邀请姐带着外甥过来玩。那是姐首次来北京，我带着她和外甥游遍了北京的景点，拍了不少照片，当然也少不了各种胡吃海塞。姐有点刘姥姥进大观园的感觉，既新奇又有点拘谨。她对我感慨说，从来没想到自己还能来北京玩，而且住在弟弟自己的房子里，这所有的场景真的犹如梦境般。

我能感觉到她的高兴，其实瞬间我也感觉有些酸楚，有些人出生就具备的条件，我感觉我们要背负艰辛走好远才能赶上。不过，我们也还算幸运，知识改变了我的命运，勤劳也改变了她的生活。我们在北京的月下轻松畅谈，已不再是那对不知道午饭在哪里的小姐弟，上苍也算对我们俩不薄。

时光荏苒，转眼到了2008年，姐又怀了二胎，她有点小幸福，说特别想要个女儿，偷着去做B超检查，说又是个男孩，回家里哭得鼻涕好长。或许只有在农村环境里，才能体会家里俩男孩意味着什么,那将是未来非常沉重的负担。周围亲戚都劝她放弃,这么多年好不容易才翻身,不能好了伤疤忘了疼,云云。我姐虽然有些不舍,但还是做好了去医院做人流的准备。

我打电话劝她,说孩子来了都是缘分,无论男女都是自己的孩子,别人看到的是负担,但我看到的是未来的希望。她又纠结了几天,最后还是听了我的意见。

"唉,没发挥好,整重样了……"产房里姐抱着小儿子,还调侃呢。

我给二外甥取名叫作梦齐,大概意思是这次人都齐了。这孩子特别争气,可以用品学兼优来形容,现在也是邻居眼里的"别人家孩子"。我姐作为老母亲,总是用沉醉痴迷的眼神,充满爱意地望着自己俩人高马大的孩子,不再想啥负担重的事了,总感叹当年差点冲动了,还是需要用发展的眼光看问题……

姐的幸福人生还在高歌猛进,前几年又在镇上全款买了楼房,与我爹住在楼上楼下,方便照顾。从生活条件上,姐已经转变成了"城里人"。另外,从她四十岁开始,我每年给她和姐夫足额缴纳社保,若干年后,她俩也是有退休金的人了,解决了她的后顾之忧。前两年,我还把淘汰的二手车好顿拾掇后送给了她,还捎带着出钱给办了加油卡。现在怎么形容呢,我姐去种地、上坟、挖野菜,都开着车去,那简直不要太拉风。

幸福需掩饰，苦难好煽情。

经历艰辛的姐姐依然平静坚韧，没有对过往的太多抱怨，也没有苦尽甘来的用力过猛，无论曾经的苦与乐，都是生活给予的馈赠。而这些，她也值得拥有！

大姨

大姨是东北话的亲属称呼，就是母亲的姐姐。我这个大姨稍有不同，她姓赵而我母亲姓王，跟母亲是同母异父，年长母亲十五岁，现在已经年近九旬。

大姨家在城里，我们是她的农村亲戚。

那个时候，母亲身体不好，家里条件实在很差，大姨其实自己也不富裕，但是非常地疼我们，时刻挂念我们的生活。每次来我家都能带来一些好东西，比如大米、白面或者罐头啥的，有时候还能带来袜子或者衣服。在那个物质匮乏的年代，那一切简直美妙得无与伦比，好多小孩都羡慕我们能有好东西吃，我和姐姐也因为有大姨而感觉很自豪。

据说，有一个冬天，外面的雪下得很厚，大姨突然来了，下了火车，走了几公里，浑身都是雪，裤子和鞋子都湿透了，身上背着几个白铁皮炉筒。大姨说，早就想把炉筒拿过来，但是最近比较忙，一直也没来，谁知道刚入冬这雪下得这么急，怕天冷生不了炉子冻坏了孩子们，所以就立刻赶了过来，还好火车还通。这件事情过去很多年了，那时候我和姐姐还小，不记事，但是父亲提起过多次，也告诉我和姐姐要记住大姨的好。

母亲身体一直有病，于1986年初离开了这个世界，有点突然，走的那年才三十五岁。母亲的遗体在医院太平间放着，就后事的处理亲戚们有不同的意见，有亲戚坚持按照老的规矩，遗体运回家停放三天，也有亲戚考虑到我和姐姐年纪小，建议直接火化。后来争执不下，大家只好等大姨到场后确定。据说大姨到了，虽然悲伤但是也很平静，说既然妹妹走了，还是顾活的吧，孩子那么小，遗体运回家里，出来进去的一定会害怕，直接火化吧。

母亲走后，我们的日子过得更加艰难，父亲忙于生计，姐姐年龄也不大，生活基本上一塌糊涂，勉强维系。

大姨对我们的照顾依旧，在很长的时间里，每到寒暑假大姨就会过来接我们去城里住。小时候关于城里的记忆就是关于大姨家的一切。有电视，有地板，也有能冲水的洗手间，等等。现在回想起来，大姨家条件也不是很好，表哥表姐五个孩子一共就住在不到四十平方米的房子里面，因为居住条件不好，所以在屋顶搭了吊铺，每天我们就住在那上面。每次去大姨那里,她都要先给我们理发洗澡除虱子,然后给我们买新衣服。每次从大姨那儿回家,我们都会被养得白白胖胖,俨然从农村土娃子阶段性地变成了城里小孩。

就这样,我和姐姐逐渐都长大了,大姨却逐渐变老了,在我心中总是感觉这辈子都无法报答她对我们的呵护和照顾,而能做到的就是每次回老家都过去看她,每次看她她都非常高兴,就是每次给点钱特别地费劲,相互"撕巴",跟打架似的。

我深有体会,在最困难的时候,周围的亲戚基本上就划分为两类,一类是躲避你,害怕因为你的困境带来麻烦;另一类是走近你照顾你,希望帮助你走出困境。当有一天你长大了,条件也逐渐好了的时候,这两类人又呈现出完全相反的态度。那些曾经远离的人又回来了,嘘寒问暖,总是有意无意地提及小时候对你如何的好,嘱咐你不能忘本之类的话。而那些曾经照顾你的人,倒是由热情转向了矜持,怕走近你会给你带来麻烦,好像只要听到你很好的消息就很满足。

大姨就是后者,给我最最温暖的亲情。亲情之所以值得珍惜,很多时候并非完全是因为血脉相连,更多时候是源于呵护与爱,就像黑暗中的灯火,照亮童年,温暖一生。当我长大一切安好,她依旧在我身后,微笑关注,默默看我前行。

二利烧鸡,烧鸡中的战斗鸡!

我从小生活在海城农村,儿时对于美食的想象比较局限,而刚出锅的烧鸡就是终极梦想。李雪琴说的锅包肉、熏鸡架、铁锅炖大鹅,而烧鸡是我最佳的选择。每次回老家,都会去买几只刚出锅的热气腾腾的烧鸡,经常是在路上就消灭半只,把手整得油渍麻花的。

我微信有个吃货群叫"十三幺",定期在群里交换美食。什么老妈自制粽子,新疆小白杏,还有安徽的大石榴等。而我这是能够满足大家味蕾的,就是地道的海城烧鸡,刚出锅加冰块用顺丰快递,快递费高过烧鸡价格,就为了这个鲜香味道。而且每次都整好几只,相当地豪横。

我的口号就是,跟着阿毛哥混,享不尽的荣华富贵。

后来因为好评不断,我也陆续给与自己比较亲近的客户送。为啥只送比较亲近的呢，主要是这东西看着档次不够，说直白点，略显得有点俗气。后来有客户纠正我，只要东西好吃，总比中秋的月饼有档次多了。想想也是，可能烧鸡给客户的体验感与我自身的气质比较契合，管他呢。

问题来了，有些客户吃后还想要。

我说没问题，就凭我的身家，烧鸡可以免费无限量供应。所谓就是，投行与客户团结紧紧地，吃几只烧鸡能怎地？家大业大的，没事可劲造，别的没有，鸡咱还能缺吗？但是客户说，不是几个钱的事，之前网上买过真空包装的，味道差不少，你把销售方式给我，否则就算了。因为客户不太好意思，所以想吃这口的愿望，可能就此泡汤了……

讲到这儿，外甥就该闪亮登场了。

外甥是姐的大儿子，从小在村里长大，性格有点偏内向，学习成绩平平。当初中考失利后被安排去私立高中改学美术，最后在高考中发挥尚可，总算考上了本科，也算是给我姐个意外惊喜了。他假期赋闲在家，整日玩游戏，无所事事。

一切都顺理成章，在我的帮助下，外甥变成了网上的烧鸡代理。小伙子积极性还挺高，去厂家看货和与厂家沟通，很多东西不懂就问我。作为舅舅的我，凭借着多年驰骋商场和做并购积累的丰富经验，指导他如何与人沟通与商谈，效果明显。

在此之前，外甥是小孩，我是大人，而且在他的心中，我似乎既亲近又陌生，甚至每次见到我，他都带着些内向小孩的拘束。现在沟通多了感觉他放松很多，甚至有时候也会有调侃和自嘲。因为我在自媒体有过宣传，实现了我朋友圈和微博关注者的导流。改变了外甥朋友圈的人群构成，他感觉瞬间打开了崭新的世界。

"舅，你认识的这些人都很好玩，说话都很有水平，有些人明显素质非常地高……"这是外甥最多的感慨。

我感觉这事挺好的，往大了说，能为弘扬家乡特产贡献点绵薄之力，估计烧鸡企业老板到现在都不知道，有我这样的义务品牌宣传员在不遗余力地做免费推广。另外呢，能够有机会与朋友和客户分享美食，让人身心愉悦。最重要的是，能让外甥有机会与我的朋友圈产生交集，能接触到外面不同的人与世界，通过交流提高点眼界。

当然，外甥为此赚了点小钱，跟我讲，他微信钱包里面已经有上万元了，言语间有很大的自我认同与满足。要知道，对于二十岁出头的年轻人而言，钱带来的自信提升作用太大了，尤其这钱是自己赚来的。开学后，没准他就是楼道里面最豪横的仔。

二利烧鸡，烧鸡中的战斗鸡。

纪念老郑

每逢教师节,我都会想起老郑。他是我的高中班主任,毕业于北京大学东语系,是季羡林的学生。多年来,每次提起他,都会有一种温暖而心酸的感觉。在教导我们三年高中后,他患上了脑出血,在我们参加高考后不久去世,年仅五十多岁,结束了他坎坷的人生。

我还记得高一新生入学时,看到我们的班主任郑老师——同学们背后都叫他老郑的模样。老郑个子很瘦小,身高不到一米六,戴着黑框近视眼镜,眼镜片的下方有几个圈圈,看起来像个瓶底。他最显著的特点是那招牌式的微笑,嘴巴瞬间变成了方形,给人一种亲切感。刚刚进入高中时,正值中秋节,老郑担心我们刚住校的同学会想家,于是他在黑板上写了首词,我还记得是苏轼的《水调歌头》。他还带来月饼和南果梨分给大家。多年来，每逢中秋节，我总会想起这一幕。

老郑的语文教学水平很高，听他上课让人感到很"解渴"。他才华横溢，引经据典，而且非常幽默。关于他的教学水平，我就不多说了，想想他当年作为北大的才子，怎么可能有差错呢？后来在学校待了一段时间后，我了解到了一些关于他的八卦历史，也对他的过去有了一些了解。

老郑出生在东北海城的一个农村家庭，家里有七个兄弟姐妹，他排行老大。他的学习成绩非常出色，据说他在普通高中就读，在升学率不到20%的情况下考入了北京大学。老郑进入北大后开始崭露头角，从一个木讷的农村孩子成为学校里的学生领袖。我看到他在讲台上慷慨激昂地讲课，常常能够想象出他当年在北大演讲时的风采。

在那个特殊的时代背景下，老郑最终没有真正毕业。我最初看到老郑的简历，显示他在1966年至1969年在北京大学东语系学习。一开始有些疑惑，以为老郑勤奋学习提前毕业了，后来才知道真相。老郑结束了北大的学生生活后，由于他的经历与其他同学不同，据说他的大部分同学被分配到驻外使馆，而老郑只能独自流落到锦州的一所普通高中任教。

后来发生了一些事情，关于这些事情，我所了解的不多，似乎老郑个人不愿提及，但我更愿意把它看作老郑曲折人生中的一部分。因为和女同学发生了男女关系，加上一些别的事情，老郑因此卷入官司，被判入狱数年。

后来，老郑回到了家乡海城，没有找到正式的工作，尽管他满腹才华。后来，他不知怎么成了一所高中图书馆的管理员，负责管理图书同时兼任保洁员，过了几年。再后来，在一次高中教职员工演讲会上，老郑以图书馆管理员的身份参加演讲，并表现出色。校长注意到了他，我想当时的感觉可能是原以为的泥鳅竟是条真龙一样。我非常钦佩那位校长，因为他给老郑提供了再次走向钟爱的讲台的机会。

老郑不仅课上讲得很好，还善于管理班级。据说有一个班级非常混乱，有六个人因逃课和打架而受到处分，没有人愿意当班主任。老郑接受了这个艰巨的任务，在不到两年的时间里，他整顿了班级，使之从年级倒数第一名一直进步到最后的高考全年级第一名。我记得大概的数据是，当时重点高中的升学率在 70% 左右，而老郑的班级只有一个人没有考上大学，后来这个人被空军招为飞行员，相当于升学率达到了 100%。老郑一时间声名远扬。

后来老郑就牛了，也评上了高级教师，在学校里面很是受人尊敬，家长和学生都以能够在他的班级而感到自豪。老郑很会做思想工作，记得我们有早恋苗头时，他并未予以打压，而是讲了他的一个故事，这个故事我现在还记得。

据说当年老郑高中时候特别喜欢文学，总写些诗歌，有个女同学很是欣赏他,于是就借了老郑用来写诗的日记本,在归还的时候在日记本的首页上画了两只鸳鸯。后来被别的同学发现了,就告诉了老师,老师差点就把这事写进升学鉴定里面去。据老郑讲,当年的老师确实是这样的,很可能写进去,那就意味着他的大学之路彻底断送。后来不知道老师怎么发了慈悲,饶了他。老郑说他自己也极力给自己辩解,一方面这个事情和自己没有关系,别人喜欢自己又不是自己的错,另一方面,他根本就不认识鸳鸯,一直以为是两只鸭子,着实有些委屈。

后来老郑上北大期间,和这个女孩一直保持着通信,女孩高考落榜后,回到乡里中学做了老师。一切都变得那么遥远,一个是最高学府意气风发的才俊,一个是乡村中学的普通女教师。我描述的遥远老郑当时也意识到了,认为其实一切只能是记忆了,无太多的现实可能性。老郑就这样平和地讲述他的高中恋爱故事,说后来高中同学再次聚会的时候,他得到了消息,那个女孩在28岁的时候,身患癌症去世了。讲到了这里,老郑眼里充满凝重与悲伤,眼神也突然黯淡下来,全班也跟着陷入一片沉寂。

老郑的爱人,就是我的师母,是个平凡教工,在一所中学里面做财务。从世俗角度判断,我感觉当初他们婚姻是无奈的,我也知道他们的感情不太好,因为经常听说他们闹矛盾吵架。反正我就是感慨老天从来就没有吝啬过给予老郑的诸多坎坷和不幸，包括当年求学经历、爱情和以后的婚姻。

老郑教导我们，教给我们知识，教给我们做人的道理，也用他的幽默来逗我们发笑。他给了我们三年充实的生活，但是他自己却没有得到什么。一生确实坎坷，但是老郑很坚强，从来都是笑容满面，提及自己的坎坷经历总是自嘲，异常地乐观和幽默。我们在高考报志愿时，有同学报考了北京大学，同学不经意地说，考上北大一定有很好的前途，估计是不会再回家乡了。老郑打趣地补充"是的，不犯严重错误，前途会是不错的"，然后在我们有些尴尬、面面相觑的面孔前哈哈大笑。

高考结束后，我们正在等公布分数时，突然得知，老郑脑出血住进了医院。我们再见到他，是在高考发榜的那天，老郑在师母的搀扶下来到了学校。因为中风，他腿脚已经在画圈了，面部肌肉也很是僵硬，但是依旧向大家点头微笑。看到我们的高考成绩还不错，年级前五名我们班级有三个，老郑对我说："虽然比模拟时略低，但还是基本发挥了水平，应该问题不大，回家告诉你爹，把钱准备足吧。"老郑眼睛里面都是喜悦，小嘴依旧笑成了方形，谁又能从眼神中看出他是一个刚刚从死亡线上被拉过来的人呢？我含着泪水，强忍着走出了学校的教学楼，在后面的墙下好顿悲伤。

2001年12月30日，在我们高中毕业后的第六个年头，经过几年同病魔的斗争，老郑走了。带着一生的坎坷，以及一生的乐观，还有留给我们宽容的生活态度。不想过多描述，老郑是个不错的人，愿他在尘世的一切劫难都不再有，在另外的世界中安宁！

"偶遇"F哥

看到快手上有人加我,仔细看头像认出来,是老家村里的F哥。

F哥姓聂,是个天生的聋哑人,年龄比我大两岁,因为不会说话,小时候很少有人跟他玩。在村里有个说法是聋哑人都比较"浑",所以很多同龄的小孩都有点惧怕他,当然因为不会说话不好沟通,玩耍也自然没啥乐趣。小孩背后也各种取笑他,肆无忌惮地管他叫小哑巴,言语毫不留情,直戳痛处。

其实F哥人很善良,也很聪明,除了听不见说不出外,其他都还算正常。F哥的母亲也是聋哑人,但是比较勤快和爱干净,虽然F哥也穿着打补丁的衣服,但是总是干干净净的,甚至洗得发白,总能闻到他身上的肥皂味道。我猜想因为身体有缺陷，所以某种程度也造就了他好强的性格。

F哥家离我家不远，我们偶尔会在一起玩，我们玩的各种游戏他几乎都能玩，有些还非常擅长。我那时很纳闷，作为聋哑人，他是如何理解各种游戏规则的，因为有些细节靠语言沟通都要花些心思，他居然靠心领神会就能掌握，令我由衷地佩服。

他上学时跟我同一个班级，但是毕竟上的不是聋哑学校，他没办法适应，好像没上两年就不上了。当然也没钱到外地上聋哑学校，所以他不会手语也不识字，差不多是个完全的文盲。我认为，如果能学会手语和认字，那么聋哑人可能心智就会跟正常人差不多。在我高中时候回家见到他，他还比画说他曾经看到有人使用手语，但在边上观摩很久根本就看不懂，他还做了要哭泣的伤心状，虽然转眼就露出了笑容，但我内心却有点酸楚。

其实他和我们一样，也比较喜欢各种时尚的东西，在穿着打扮上也有着新时代小伙的那种简易时髦，我记得他还曾经自学过霹雳舞，尽管听不到音乐节奏但估计内心有定心板，还跳得像模像样的，上帝关扇门就会给打开扇窗，可能说的就是这种情形。

F哥很勤快，干活做事不比正常人差，能赚钱的事都愿意尝试，总体生活状况其实还行。后来经人介绍找了同样聋哑的姑娘结婚了，客观而言，姑娘还长得挺漂亮。从此夫唱妇随，虽然相望无语，但也有着出奇的默契。后来生了个儿子，可喜的是正常人，我看快手里面发的视频，现在也是人高马大的大小伙子了。

F哥用快手加我也令我感觉到意外，他不会打字也听不到声音，我给他私信，他只会发各种表情符号给我，我打字问他现在识不识字，等了半天有文字回复：我爸爸不会打字，我是他儿子，他说见到你很高兴。我后来开了下直播，我看到他进了直播间，我拿起笔在白纸上写了他的名字向他展示，F哥给我回了好多个笑脸表情。

那一串串表情，跟我记忆中小时候玩耍时他的样子差不多，默默无语，但十分灿烂！

狗时光

小时候，邻居有条小黑狗，脖子上挂了个铃铛，每次出去玩都带着，特别威风。我们其他小孩羡慕得不行，每次都争先恐后来抚摸。那时候我也特别希望能够养一只，于是我就跟家里商量，父母态度非常坚决，养人都费劲养啥狗啊。

我不甘心，总是央求，后来家里态度似乎有了松动。

家里说，养可以，有条件的，只要能考试考第一就OK。我估计可能就是父母给磨得不耐烦了找了个托词。然后呢，我期中考试得了第一，兴高采烈地奔回家告诉父母，那种心情不亚于考上了清北。

大人们相互使眼色说，期中考试不算，期末才可以，你搞错了。

我那叫个失落啊，臊眉耷眼的，倒不是说考试有多大难度，关键还要等几个月。那种从亢奋到冰冷的过程，让人欲哭无泪啊。于是天天盼着期末，期末果然又考了第一名，家里似乎没办法再推却了，我感觉我的梦想要实现了。

家长说，到哪里去找小狗啊，没听说谁家狗下崽啊。我们不知道，你自己去想办法吧。

这给我整得有点无助，于是见人就打听谁家狗要下崽，或者有不要的小狗吗，功夫不负有心人，班级同学说他们家有一只，说狗不怎么好，比较难看不说，好像还只有一只眼睛，而且总生病。他父母说估计活不久，总说要扔了云云。

我眼前一亮说，送给我吧。于是在某个冬天的黄昏，我与这只小狗见面了。狗不大，见到我浑身发抖，眼睛睁一只闭一只，看着可怜兮兮的样子。我裹着个蛇皮袋子就把它抱回家了，当天晚上兴奋得睡不着觉。

家里感觉有点突然，也数落我，说我怎么弄这样一只癞狗回来，肯定养不好。小狗确实有点体弱，吃点东西挺费劲的，尤其家里冬天比较冷，小狗身体弱，比较喜欢钻灶坑，好几次烧火都不知道，给毛烧了，特别惨，看着越发地可怜……我给小狗起了好几个名字，换来换去都不是特别满意。叫过赛虎，与当时电影里的警犬同名；也叫过壮壮，寄希望于它能强壮。

我带着我家狗出去玩，确实比邻居的小黑狗差很多。

但不管怎样，从小狗的眼神中还是能够读出来它对我的期待与依恋。我内心还有个愿望，也想给小狗买个铃铛，但家里没同意。于是呢，我自己用罐头盒的铁片给它做，费了半天劲效果也不好，整串铁皮挂脖子上发出哗啦的声音，跟邻居的铃铛声音差很多。

但是不管怎样，小狗还是给我带来很多快乐，我们一起去探险，探索着田野和山林。小狗对农田和果园充满了好奇，它总是兴致勃勃地在庄稼地里跑来跑去，时而欢快蹦跳地追逐蝴蝶，时而伏在草地上专注地观察一只小虫子。我陪伴着它，享受着大自然的美丽和宁静。

我记得后来寒假我去城里大姨家，因为想狗提前回来，到家门口小狗飞奔过来各种舔蹭，简直是无与伦比的欢乐时刻……

不过，后来狗确实没长大，快到春暖花开时，某天放学发现它不停吐白沫，走路不稳，估计是吃啥中毒了。爹说灌肥皂水可能管用，结果把家里洗衣粉都用光了也没用，它最终还是闭上了眼睛。

我伤心至极，但似乎也没啥办法，无助无奈中，我爹说让我去田里埋了。我拎着它，拿着锹来到村口，一路走得有点恍惚。想挖坑时候内心充满悲伤，于是，把它放到了一口废旧的缸里，带着点不舍离开了。

不想埋它是因为以后还想能够看到，后来几年时间里，每次我经过那个地方，我都会去那个旧缸里面瞅瞅，看到它静静地躺在那里,开始还能看到形状,后来就剩下个皮囊,再后来只能看到一堆骨头……

一条不完美的小生命,也曾闯入过我的生活,最终也是阶段性的缘分。它没有得到太多的关爱和重视,甚至没有个像样的铃铛,但在我记忆里却留下诸多温暖的瞬间,那带着期待的眼神,数次在梦中重现……

后记

平时在工作之外，我经常在微博上写小作文，通常都是有感而发的一些碎碎念，然后看到转发和评论数飙升还挺开心的。我老婆说，沉迷于网络差不多是我为数不多的爱好了。想想也是，人到中年工作压力不小，烟不抽、酒不好、歌不唱、鱼不钓，就剩下这点面对网络的表达欲了。尽管也没啥社会贡献，但基本上也不构成啥危害。

其实，就是自己逗自己开心。

之前写过专业书籍《劳阿毛说并购》，为了凑字数也加了些人生感悟啥的，可能因为并购专业知识比较枯燥乏味，很多人对专业外的内容还挺有兴趣。后来呢，编辑赵宏老师跟我探讨，能否按我网上那些小作文的风格出本书呢。

我说，意愿肯定没问题，但有点担心内容的质量。很多内容基本上都是观点输出，且是一家之言，难免会有偏颇啊。另外，很多都是关系到人性、认知和彼此小恩怨的鸡毛蒜皮，感觉很多道理讲得貌似头头是道，但还是难免有些中年油腻。

编辑鼓励说没事，你写的东西是清新大于油腻，很多小故事都挺耐人寻味，很多波澜不惊的描述，背后都隐含着很多人生智慧。我和周围的朋友们都特别喜欢读，真的可以给很多人启示，又好玩又有料。

我说，你夸得挺到位啊，我可真信了！

我把之前写过的自己认为还不错的文章稍做了整理，有些感觉观点有偏激嫌疑的都拿掉了，共计整理出六十几篇，共计十万字左右。大概涉及有职场、人生感悟还有各种尴尬好玩的小故事等。有些文章重新又看了遍，还真能把自己给逗乐，有些敏感词语处理下，算是正式交稿了。

我和编辑都是有点文字控的完美主义，就书名也讨论了很久，聚焦在是否用"劳阿毛+"来作为书名。这种命名方式可能有私域流量托底儿，让书的销量不会那么惨淡，但毕竟这个名字还是有挺重的工作色彩的。最后还是希望能打破常规，给大家送上个有点娱乐精神的名字。编辑说，让人看到这个名字就产生好奇，最好还能有点画面感的。

我想了想说，叫《假装有趣》如何？编辑说挺好，就它了。

我自己还动手画了几幅插画，感觉还有点小惊喜。我有点膨胀，感觉解锁了新技能，称自己是野生插画家。我姐倒是没惯着我，说，哎呀妈呀！跟六合彩小报似的！

感谢编辑赵宏女士和中国法制出版社的工作团队，多年来对我的支持和各种辛苦的付出。也感谢孙唯一和王曼蒂两位美女给作序，我几本书的序言把周围几个海城老乡都用得差不多了，还好他们的水平没怎么掉链子。另外，还要感谢小外甥闫梦齐同学的有偿校对（我每个错别字出价100元，他以30元价格转包给了同班同学）。

不管怎样，希望你们喜欢我的文字，无论是假装还是真情流露，毕竟我在努力着有趣。

图书在版编目 (CIP) 数据

假装有趣 / 劳阿毛著 . —北京：中国法制出版社，2024.1

ISBN 978-7-5216-4184-4

Ⅰ.①假… Ⅱ.①劳… Ⅲ.①散文集－中国－当代 Ⅳ.①I267

中国国家版本馆 CIP 数据核字（2024）第 032896 号

策划编辑：赵　宏
责任编辑：刘冰清　　　　　　　　　　　　封面设计：蒋　怡

假装有趣
JIAZHUANG YOUQU

著者 / 劳阿毛
经销 / 新华书店
印刷 / 保定市中画美凯印刷有限公司
开本 / 850 毫米 ×1168 毫米　32 开　　　印张 / 8.5　字数 / 156 千
版次 / 2024 年 3 月第 1 版　　　　　　　2024 年 5 月第 3 次印刷

中国法制出版社出版
书号 ISBN 978-7-5216-4184-4　　　　　　　　　　　　定价：59.00 元

北京市西城区西便门西里甲 16 号西便门办公区
邮政编码：100053　　　　　　　　　　　　传真：010-63141600
网址：http://www.zgfzs.com　　　　　　编辑部电话：010-63141837
市场营销部电话：010-63141612　　　　印务部电话：010-63141606
（如有印装质量问题，请与本社印务部联系。）